真心をありがとう

「四角い空」第三集

樋口啓子 著

文理閣

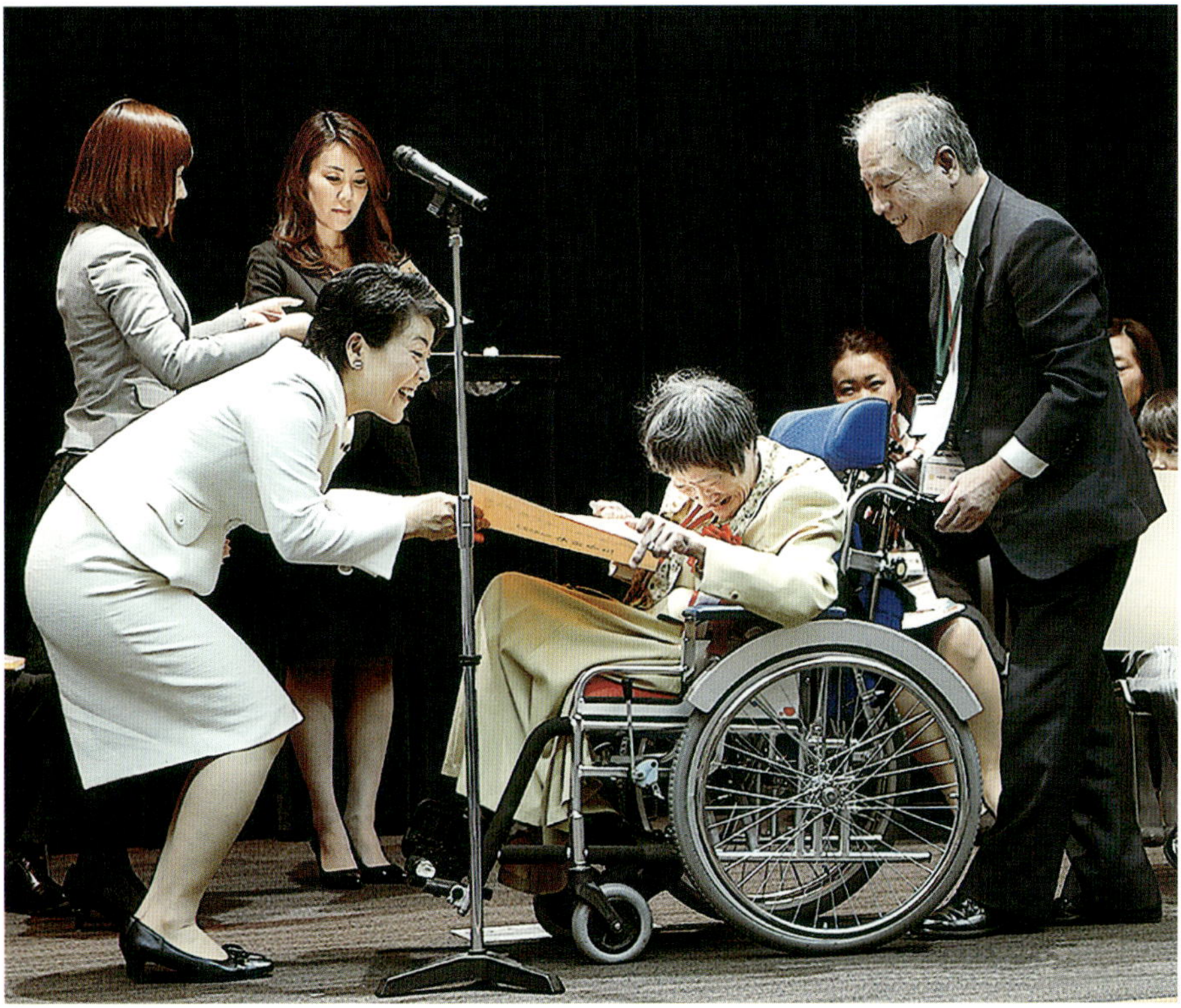

作文「生まれて初めての女子会」が内閣府主催「心の輪を広げる体験作文コンクール」の最優秀賞（内閣総理大臣賞）を受賞、その授賞式　（2014 年 12 月 3 日）

角倉了以の開削した高瀬川の「一之舟入」付近、交際中のデート　（1994年 春）

はじめに

本書を遺稿集としてまとめ、お届けするにあたり、ご挨拶申し上げます。

妻の啓子さんが六十二歳の生涯を終えました。あまりに突然の出来事であり、一週間泣きあかしましたが、多くの方々から励ましの言葉やお叱りの言葉をかけて頂き、ようやくパソコンに向かっております。

二〇一五年三月七日、午後三時ごろだと解剖医からは報告を受けました。苦しむことなく、夢見るような笑顔での旅立ちでした。

奇しくもこの日は妻、啓子さんが愛してやまなかった実母の三回忌が午前中に執り行われた日でもあります。

生まれついての障害児。ましてや「先天性脳性小児まひ」という重度の障害を背負っての生涯でした。

私が啓子さんに初めて出会ったのは、京都府の北部にある綾部市で行われた「梅原司平さん」のコンサート会場です。私が座った座席の後ろが障害者の車いす席でした。母と娘の会話が聞こえてきたのです。

「けい子、カメラ持ってくれれば良かったね」娘さんも返事はしているのですが聞き取れません。彼女は極度の言語障害もあったのです。

「カメラなら持っていますよ。後でお撮りしましょう」私はそう声をかけたようです。妻はよく覚えていて、後に作文で書いています。

その頃の私は失意の中にいました。バブルが崩壊した頃のことです。会社はリストラ、妻とは離婚。金があれば遊びまわり、無くなれば働きました。元来が器用で、国家資格もいくつか持っていましたから、大阪での暮らしに困ることはありませんでした。だが、荒れた生活です。酒とギャンブルに明け暮れる生活でした。そんな時にふと目にした「梅原司平コンサート」の文字、その文字が私の生き方を変えたのです。

「綾部まで」大阪駅で言うと、「どちらから行かれますか」の問い。説明を聞き、京都から山陰線を回る切符を買いました。初めて乗る路線です。美しい山、美しい川、分水嶺を越え、由良川の流れる綾部市に着いたのです。

駅から会場まで歩きました。「中丹文化会館」そこで司平さんに会いました。あの時の会話はおぼろげながら覚えています。「あら、大東さん、どうしたの？」「今は大阪に住んでいるのですが色々ありまして」と短い会話で終わりました。リハーサルの最中でしたから。

荒れた暮らしの中で聞く司平さんの歌は、語りは、私の心に沁み入りました。そして、サイン会。声をかけた車いすの親子を司平さんに紹介し、一緒に写真を撮らせて頂きました。

大阪からその写真を送りますと、啓子さんからはすぐに返事がきました。数通の文通後、会いたいと言ってきました。春の花が咲き乱れる五月のことでしたね。

啓子さんが生まれ育った和知《わち》はきれいな町でした。

啓子さんの大好きなお母さんと三人で、野の花の咲く和知の山野を歩きました。

「正美さんの優しさが、背中で分かります。車いすを通して伝わってきました。私は何度も涙をこぼしました。お気づきでしたか」貴女からの便りにそう書かれていました。

その時に頂いた樋口啓子著の『四角い空』を読み終えていた私は心を決めました。

だが、親族やお父さんの言葉は冷ややかでした。

私も無理のないことだと思います。定職も住民票も持たない中年男の結婚申し入れです。それでも「こんな娘となぜ結婚したいのか」という言葉には耳を疑いました。

「啓子さんは〝こんな娘〟と呼ばれるような人ではありません。啓子さんの意志を尊重していただけませんか」それが私の気持ちでした。

啓子さんはただただ泣きました。

お母さんは言いました。

「啓子の人生や。啓子のしたいようにしたらええ」

そうして二人の生活は始まりました。お母さんは喜んでくれました。私に言うのです。

「正美さん、家を出て、自分の暮らしをするのが啓子の夢でした。有難う。あんたにはなんぼ感謝してもしきれん。啓子をお願いします」

そのお母さんの助けがあればこその二人の暮らしでした。妻の啓子さんはまだ元気でした。お昼の用意をして仕事に出かける私を見送り、あの不自由な身体でワープロを打ち、文章を書き、手紙を書いて私の帰りを待っていました。その頃ですね。二人でパソコンを買いに行きました。あの時の貴女の喜んだ顔が今もはっきりと浮かんできます。

貴女が愛した町、生まれ育った町、それもお母さんのいる実家のすぐ近くに障害者用の町営住宅が完成しました。あの時の貴女の喜び方も表現できないほどでしたよ。夢にまで見た、いや、啓子さん、あなたの夢が実現したのです。

夫と母と三人で囲む食卓。お母さんの誕生祝い。母の日プレゼント。クリスマス会。みんなみんな貴女の夢見たことでした。

何とか自由に動かせる一本の指を使い、貴女が残した「生きた証」を数えてみました。

一九九二年度全京都自費出版コンクールで見事勝ち得た「グランプリ」の栄冠。その本が名作、啓子の作文集『四角い空』です。貴女の生きた証の原点でした。

その本の出版を母と喜び合い書かれた作文が「真心」でしたね。新聞の片隅に載った内閣府の呼びかけに応じ応募した作文「真心」。平成三年のことでした。

内閣府からの「総理大臣賞受賞おめでとうございます」の電話に、お母さんは「何かの間違いでしょう」と答え、お父さんは「貰えるもんなら送ってもらえ」と答えたとか。貴女は笑って話してくれました。

私と結婚しても貴女は頑張りました。行きたくとも行けなかった和知第一小学校の五年生との交流、その心の触れ合いを中心に書いた作文集を京都新聞社から発刊しました。二冊目の作文集『真心つむいで』です。

新聞やテレビにも大きく報道されました。またまた多くの人から励ましや賛同の手紙が舞い込み、返事書きに追われていたのが昨日のことのように思い出されます。

京都府主催の作文コンクールには何度入賞したことでしょう。

平成十七年度が優秀賞。平成十八年度が最優秀賞。平成十九年度が佳作。平成二十一年度が二度目の優秀賞。平成二十二年度が三度目の優秀賞。

そして昨年、平成二十六年度、京都府で二度目の最優秀賞を受賞し、推薦された内閣府で二度目の内閣総理大臣賞を受賞しました。

だが、前回親子で並んだ晴れの舞台にお母さんは立つことが出来ません。お父さんも高齢で行かないと言う。

この喜びの場にお母さんが居たならと二人で涙しましたね。そして、二人で内閣府の晴れの舞台に立ちました。言語障害の貴女に代わり、私が受賞作文を朗読しました。現職の大臣が貴女の手を取り「良かったよ。感動した」と言ってくれましたね。貴女と結婚してなければ味わうことのなかった感動です。

今年（平成二十七年）の年賀状に「パソコンが打てなくなりました。最後の年賀状にしたいと思います」と書かれた文字を見た時、私は気付くべきでした。

啓子さん、今日（平成二十七年三月十四日）貴女への表彰式が執り行われています。京丹波町主催の「平成二十六年度文化賞」の表彰式です。貴女が生前に受けた最後の賞ですよ。私も出席をお断りしました。

私は貴女を愛していました。心からです。

「和知町探険隊」と称して野山を歩きました。時間があれば行きましたね。お弁当を作り、クーラーにビールを入れ、車いすを押して、歩きまわりました。

「どこまで行ったの？」お母さんに良く聞かれました。そして、いつもあきれた顔で言われました。

「正美さん、ごめんなさいね。この子は誰にもこんなことをしてもらったことが無いので、嬉しくてしょうがないのです」と。

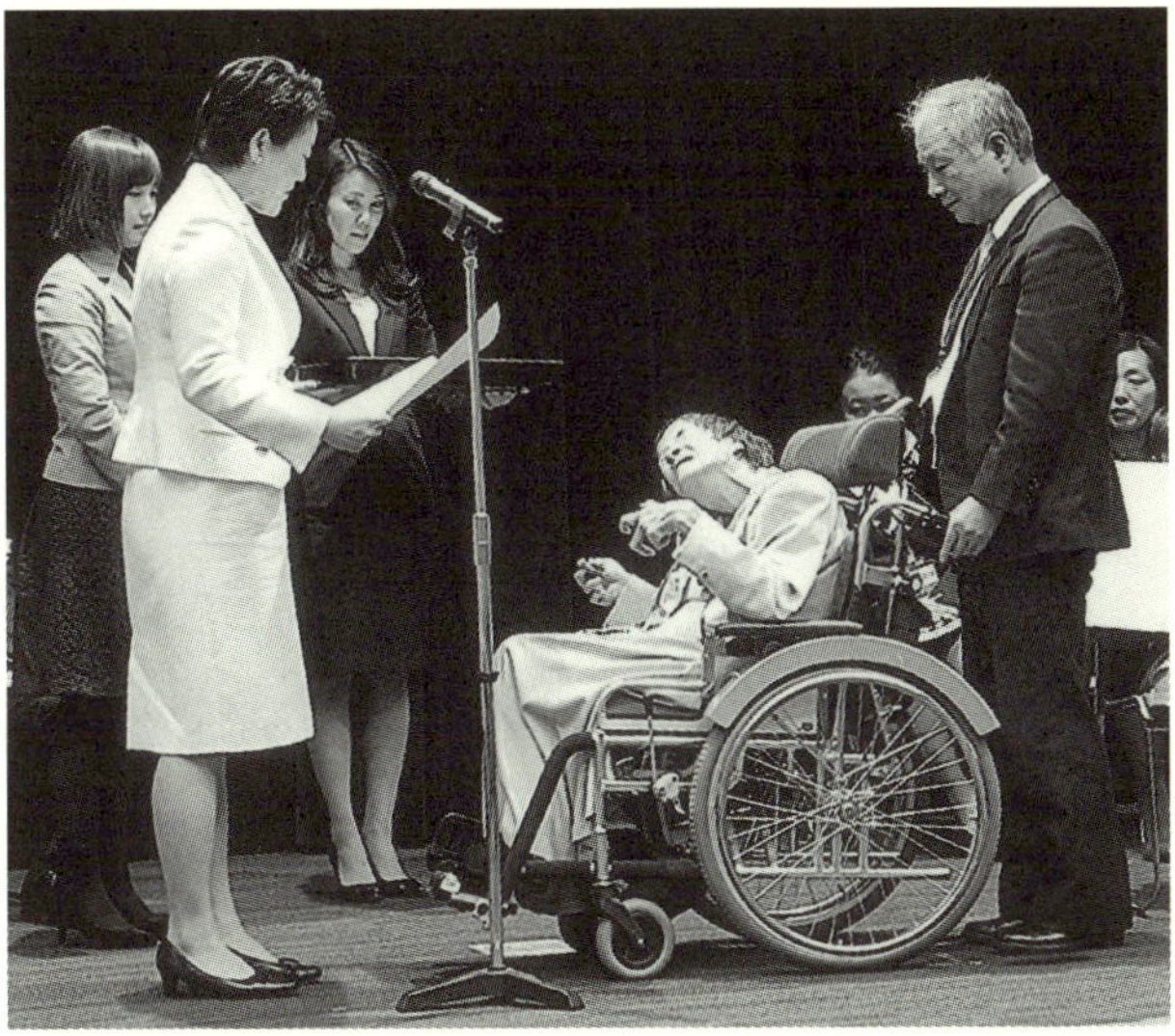

二度目の内閣総理大臣賞の授賞式で（2014 年）

残された手紙や葉書を整理しました。私と暮らした二十数年分をです。三〇〇〇通を超えていました。あなたはこんなにも皆に愛されていたのですね。

パソコンに残されていた全部の文章も読みました。あなたの苦しみがどうして分からなかったのでしょう。

「啓子さんから文章を取れば、歌えない梅原司平と同じです」司平さんはそう言いました。

書けなくなったあなたの苦しみを私は理解していませんでした。あなたが届けることなく書き遺した手紙は私が届けます。許して下さい。

思い出は尽きません。だが、残された作文には妻、啓子さんの「生きた証」が詰まっています。

何分にも素人が作る本です。ですが、真心だけは込めました。

重度の障害を背負い、必死に生きた妻、啓子さんの「生きた証」です。お読みいただければ幸いです。

最後に伝えたいことがあります。人は死ねば終わりですが、残された者は悲しみと後悔と苦しみを背負い続けて生きて行かねばなりません。それは耐え難い悲しみです。生ある限り生き続けて下さることを切に願います。


妻は結婚後も「本だけは樋口啓子で出させてね」と言いました。本書は樋口啓子の生きた証です。遺稿集としてまとめるにあたり、テーマ等を考慮して編集しました。必ずしも執筆順でなく、多少時期が前後していることをお断りします。

平成二十七年　春

夫　大東　正美

真心をありがとう　もくじ

Ⅱ　私の家

Ⅲ　ふれあい

I　出会い

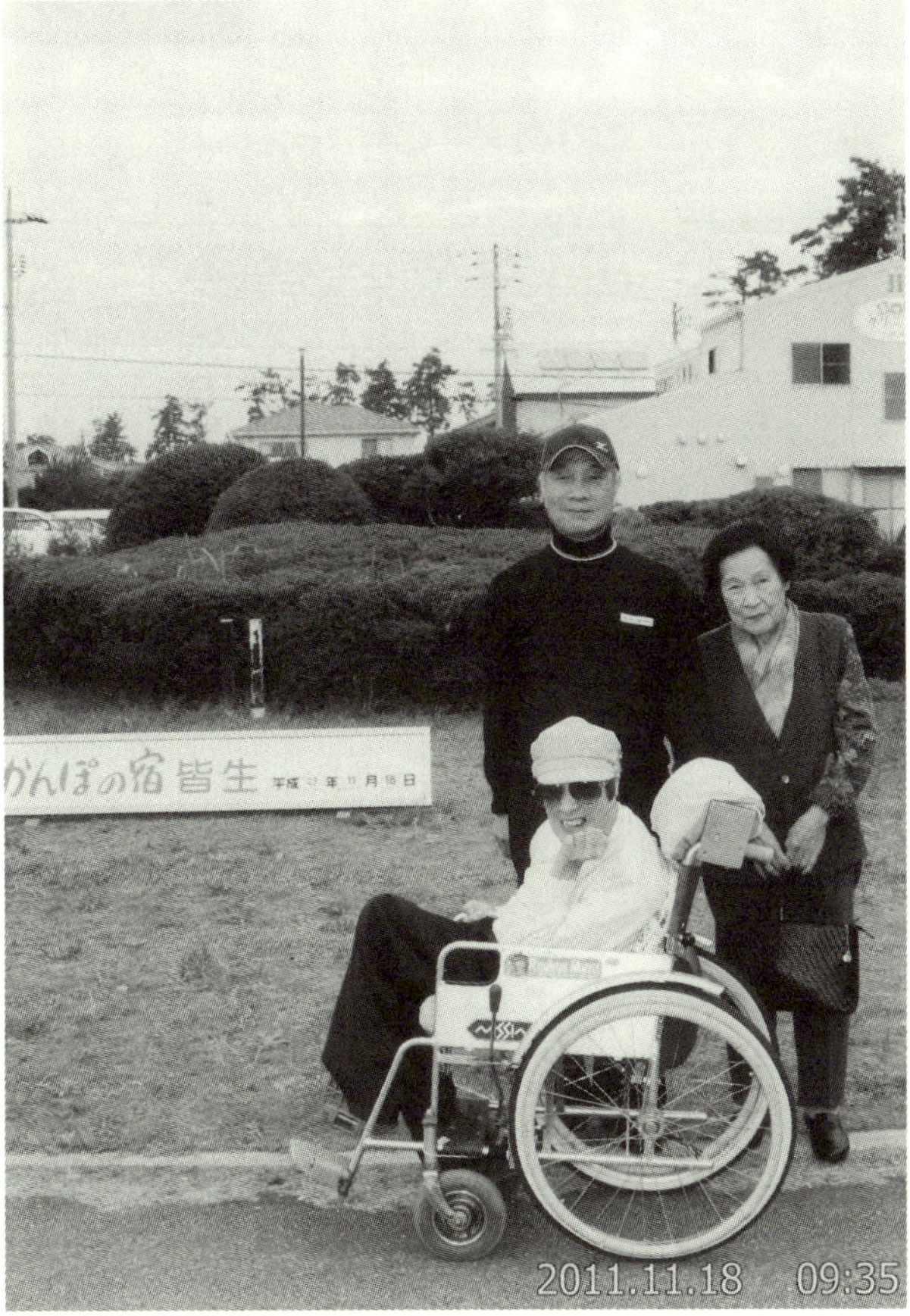

真心（その1）

母が頭のてっぺんから声を出して「本が来たよ。本が来たよ」と、私の部屋に飛び込んできた。

私は生まれてまもなく不治の病である脳性小児マヒにかかった。以来、歩くことも話す事も出来なくなり、現在に至っている。

おそらく結婚することも子どもを残すことも出来ないだろう。そんな中で私も何か生きた証を残したいと、強く思うようになった。

そこで、かろうじて動く左手の中指でワープロを打ち、自分の書いた文章を本にしたいと思った。それは私にとって実現するはずのない、だいそれた夢であった。

原稿を書き終えて、まとめる段階になってから色々と協力してもらわなければならない。母にそのことを話すと、

「そんなこと出来るはずがないやろ」

と、鼻で笑っていた。でも、両親をはじめ多くの方々の協力があって、私の夢は一九九

○年十二月に実現したのだ。
十年近くかかって書いた文章を、二年間でまとめて出来あがった。その本が届いて自分の名前が載った著者名の本を手にしても自分の本だとは思えなかった。

「私と同姓同名の人が書かれた本ではないかしら」そんな気がして、本を手にしたまま時間の経つのも忘れ、ぼーっとしていた。本は宅配便で一度に百冊が届いた。宅配便の箱を開けてくれた母も、本を見た瞬間に涙が出てしまい、言葉にならなかった。

夜も百冊の本をベッドのそばに置いて眠り、朝になって目が覚めると「夢ではないか」と思い、真っ先に本を見た。夢ではなく本はあった。昨日とはまったく違う本物の喜びが心にじわじわとわいて、夢が実現したことを改めて実感したのだった。

出版社に買ってもらえる原稿ではないと、自分で判断して自費出版をすることにした。そして五十冊か百冊ほどだけ作ってもらい、今まで世話になった方に貰っていただけたらと思っていた。ところが自費出版するには費用がたくさんかかって、自分の本を作りたいと思い始めてからコツコツお金を貯め、費用がギリギリ貯められたので、印刷会社に「私の予算で出来る範囲で」とお願いすると「あなたが差し上げたい方には差し上げたらいいですけど、自費出版するには費用もかかりますし、もし増刷が必要になってもその費用も出ませんから、値段をつけて知らない方には少し買ってもらわれた方がいいと思いますよ」と言われた。

そこで印刷会社で値段をつけてもらって、私は自分の文章を他人様にお金を払って買っていただくことになってしまった。とんでもないことであった。が、私の書いた文章など一冊も買ってもらえるはずもないので「まあいいか」と思った。

本が出来ると急に忙しくなり、子どもの頃からお世話になった施設や養護学校などの恩師に手紙を添えて送ったり、一人でも多くの人に読んでもらえたらと思って、民生児童委員の方々にお世話になって、町役場や区役所に持参したところ、町議会議員と町長選挙の前でもあったので、新聞記者の方が町役場に来ておられ、運良く取材をしてもらった。

いきなりカメラのフラッシュを浴び、私は最高に緊張して震える体を抑えるのに必死だったけれども、何かスターにでもなったような気分だった。

その日は十二月二十日だったので、新聞に私の記事を載せてもらったのは新しい年が明けて一月十二日だった。その時はすでに民生児童委員さんや町内の人々が口コミで伝えて下さり、初版四百部も半分くらい出ていた。

私は小さい時から施設や養護学校に行っていた。地元では私のことを知らない人が多かったのに、本を買って読んで下さり、田舎の町の人情の厚さが心に沁みた。

そして、新聞に記事が載ると、地元だけでなく、京都府の全域や滋賀県からまでも注文の電話が殺到し、あっという間もなく初版は品切れとなった。信じられないことであった。

本が出てから半年もしない間に三刷までも増刷をしてもらって、千部に達した。二刷の一部だけは近くの本屋さんに置いてもらったものの、何がどうなったのか、自分でも分からないまま母と私は本の発送に追われ、眠る時間もない毎日が続いた。

その時も町内の教育委員会、社会福祉協議会、民生児童委員さん、ボランティアの方など、多くの方々に助けて頂いて乗り切ることが出来た。

また読者の方から多くのお手紙が届き、中には贈り物までも届けて下さる方もあり、見ず知らずの私の為に、精魂込めて作って下さった手作りのクッション、お手玉、押し絵、バラの花束、本、カセットテープ、お菓子、読者の方の写真などなど。多くの方々から何にも勝る真心を頂き、うれし涙を流さない日はなかった。

本には『四角い空』と題名を付けた。

全身が不自由で、あまり外へも出られず、いつも部屋の窓から空を見ている私は、外に出て大空が見られると言いようのない感動を覚える。限りなく広い空も部屋の窓から見ると小さくて四角い。けれども、小さな空しか見られない毎日が悲しいのではなくて、大空を見られた時、その広さに感動出来ることが素晴らしいのだと思う。それも体に障害があるから味わえる感動で、悲しくて辛いことが多くてもマイナスばかりではない気がする私は、そんな思いを文章に表したかった。

そして、幼い頃に学校へ行けなかったことや、七回も受けた手術のこと、片思いで終わってしまった初恋、数少ない旅行のこと、好きな猫のことなどなど、三十一編の作文で綴った本にした。

そんな自分のことばかりを書いた本だったのに、小学生の子どもさんから九十歳代のお年寄りまで、多くの方に読んで頂いた。障害者の書いた本など読んで下さる人は誰もいないと思っていたのに、頂いたお手紙は、体に障害の無い方がほとんどであった。

その内容は本の感想や「今まで障害者は住む世界の違う人だと思っていたけれど、私たちと同じだということを知った」と書いてくださった高校生の女の子。「健康で何不自由なく生きていたのに、突然に病気をして、そのお陰で健康の有難さや色々なことが分かったから、病気をしたことも辛いばかりではなかった」と書いておられた人もあった。

それらのお手紙一通一通に、感謝を込めてお返事を書いた。すると、お友達になって下さった方も多くあり、何人かの方は文通をして下さっている。

この世の中で、そんな心やさしい人々がいて下さるお陰で、私のような者でも生きることが出来るのである。

そして、障害を持たない方々が本を読んで下さり、一時でも「身体に重い障害があっても私たちと同じ思いでいるんだなぁ」と思っていただけたら、こんな嬉しいことはない。私は現在、施設には入らずに両親と自宅で生活している。人口が四五〇〇人余りの小さな田舎町で、私の本が出来た頃、町内では最も身近な町議会議員の選挙がおこなわれ、世界では湾岸戦争が勃発していた。だというのに町内の人々は勿論のこと、全く見ず知らずの多くの人々が私のような者が書いた本に目を向けて下さり、買って読んで下さったことに感謝してもしても、しきれない。

私は今までに「死にたい」と思ったことも何度かあった。でも何があっても生きるしかないと思って生きてきた。けれども、この時ほど「生きていて良かった」と思ったことはなかった。

これからも私は真心に支えられ、多くの人々に助けてもらい生きていかなければならないのだから、頑張って生きなければと思う。

（『真心つむいで』より　京都新聞社）

平成三年度内閣府主催「心の輪を広げる体験作文コンクール」

最優秀賞（内閣総理大臣賞）受賞

生まれて初めての女子会

母は体調が悪いのに私を命懸けで産んでくれた。結果、私は歩けない、話せない、手も思うように動かないという、体に重い障害を背負うことになってしまった。

母は自分を責め、嘆き悲しみ、何度となく母子心中を考えたという。でも、どちらかが残った場合のことを思うと、決断が出来なかった。その頃の母はすごく暗い表情をしていた。それを見て、三歳か四歳だった幼心にも「母に殺される」という恐怖感を感じた私である。

ある日、私が絵にならない絵を描いて、母に見せたそうだ。それは汽車らしき絵で、それを見た母は「あっ、この子は母親の思いを全て感じてる」と気付いて、すごくショックを受けたと大人になってから話してくれた。

あらゆる病院を受診したが「こんなお子さんは五歳までは生きられません」と宣告された私を母は必死で育ててくれた。

母と私は、母と娘であり、親友だったのだ。

私が物心ついた頃から「お父ちゃんがお金を入れてくれんで、うちはお金がないんやで」、などなど色々と母は幼い私に言っていた。きっと母は、私の記憶には残らないだろうと思ったのだろう。

兄の父は戦死。だから兄は父親の顔を知らない。その後、母は兄の父の弟と再婚したのである。

戦後六十九年が過ぎた現在では、考えられないことだが、当時は当たり前の結婚だったと母から聞いた。そんな状態の中で、母はだれにも言えない苦しさ悲しさなどを、私に言うしかなかったのだろう。

そして大人になってからは本当に何でも言い合える母娘になっていたのである。

そのかけがえのない母が、昨年の一月に、九十二歳で逝ってしまった。

私と六十年間付き合ってくれた母。

言語障害の重い私は、母にしか通じない言葉も多かった。そんな状態の中で、漫才のような会話をする日々だった。例えば、私が五歳までも生きられない不治の病と宣告された時のことを、

「私はあんたと死のうと何度も思ったんやで」

と母が言うので、

「お母ちゃんと私は死神さんに見放されたんやから生きるしかないなあ」

と私は言った。またある時は、

「あんた、私より先に死にないな」

と母が言うので、私はすかさず、

「あんた、私の親やろ？　それは、ちょっと無理やで」

と言って、大笑いしたこともあった。

そして亡くなる数日前に夫が一人で病院に見舞うと、

「啓子を抱いて逝きたいで、連れて来て」

と、はっきりした意識と言葉で言ったと言う。

きっと母は、あの世に行っても私と漫才がしたかったのだろう。

そして、母は逝ってしまった。

私の悲しみは想像をはるかに超えるもので、葬儀が終わると、寝込んでしまったが、その時は多くの方々の励ましもあって「これではいけない。頑張らなければ」と思って立ち直れた。ところが母を失った本当の悲しみは一年後に私を襲った。

お正月が明け、一周忌も済んだ直後から、全身の力が抜けたようになった。手足に力が入らず、トイレへ行く度にこけたり、部屋で車椅子から落ちたり、食欲もなくなった。

何か体が生きることを拒否しているような感じで、自分でもどうすることも出来なかった。

そんな状態が春頃まで続いたが、暖かさと共にだんだん気力も戻ってきた。

「よーし、頑張ろう」と思って間もなく、私が必死で打ち込んだデーターの入ったパソコンがこわれた。私は左手の中指一本でパソコンのキーを打つ。命中率は十回のうち二〜三回。「また最初からか」と思うと、底無し沼に落ち込んだ……。

次は歯痛に襲われ、抜歯。ところが部分義歯を支えていた歯だったので、義歯が入らなくなった。地元の歯科の先生も頑張って下さり、私も頑張ったが、入れられないままだ。すごく恥ずかしくて、どこへも行きたくない。

誰にも会いたくない。そんなことで私は「ひきこもり状態」になってしまった。

そんな或る日のこと、別の用事で福祉課の女性の方が訪問して下さり、いろいろと話を聞いてもらっているうち、「そんなに元気がないのなら、私が計画をしますから楽しい女子会をしましょう」という話になった。

「女子会って何?」と思っているうちに、その日がやって来た。

会場は家から少し離れたスーパーの和食店。

メンバーは福祉課の女性と、いつもお世話になっているヘルパーさん。女性ばかり。

「だから女子会なのか」と思った。私の送迎役の夫は隣のパチンコ屋さんで大好きなパチンコ。

私たちは、美味しいお料理を食べて、ビールを飲んで、思い思いに言いたいことを言った。

私は「世の中にこんなにも楽しいことがあるのか」と思った。

悲しいこと。辛いこと。体の痛みさえ忘れてしまう時間であった。

「よーし、頑張ろう」と思った。

「また、やろうね」と約束をして、解散。

帰りの車で、母のことを思った。

男尊女卑の時代に生きた母も、こんな楽しい時間があったならと……。

保健課の女性、ヘルパーさんには、本当に感謝感謝。

ありがとうございました。

平成二十六年度内閣府主催「心の輪を広げる体験作文コンクール」

最優秀賞（内閣総理大臣賞）受賞

京都府主催の同コンクールでも最優秀賞受賞

植村直己さんと私

植村直己さん。一九七〇年五月二十一日、日本人として初めて世界最高峰エベレストの頂上に立った。その後、世界五大陸の最高峰に立つ。それから、アマゾン川をいかだで下り、犬ゾリ単独行で地球のてっぺんである北極点に立った後、またまた犬ゾリ単独行で、北極圏一万二〇〇〇キロの旅に出る。そして犬ゾリ単独行で南極大陸を横断するという、壮大な夢もあった。その他にも数々の功績を成している。

だが一九八四年、冬のマッキンリーで消息を絶つ。

これだけのことを成し遂げた植村直己さんの名前も、二十年も経てば人々の心の中から消え去ってしまう。

私が植村さんを知ったのは「日本人として初めて世界最高峰エベレストの頂上に立つ」というテレビのドキュメンタリー番組だった。

そこには笑顔の植村さん、厳しい顔の植村さん。そして、氷壁を這い登る植村さんがいた。私の全く知らない世界であった。こんなことが人間に出来るのかと思い、私は我を忘れて画面に見入ったのを、今も覚えている。それから私は植村大好き人間になった。私が十八歳という悩み多き時である。

その後、『青春を山に賭けて』『エベレストを越えて』『極北に駆ける』などなど植村さんが書かれた本が出版され、私は読み漁った。そして、ますます植村さんが好きになった。

それらの本の中に「山では絶対に死んではならない。冒険とは生きて還ること」と書いておられる。

その植村直己さんが山に消えた。それから二十二年が経つ。でも、私は「彼が山で死んだ」とは、今も信じていない。植村直己さんは必ず生きて還って来ると今でも思っている。

十年前、彼が生まれ育った兵庫県豊岡市の日高に「植村直己冒険館」が設立された。それをテレビニュースで知ったが、歩けない、話せない重度障害者の私には、なかなか行くことが出来なかった。

ところが二〇〇六年の今年、「行こう」と夫が言ってくれて、三月十九日に行けたのである。十年越しの夢が叶った。

その日の朝は雨だったのに、やがて霙《みぞれ》に変わり、昼前には雪になった。

私は夫の押してくれる車椅子の上で小さな手紙を握り締め、植村直己冒険館の入り口へ向かった。

私は言葉が言えないため、自分の思いを伝えたい所へ行く時は、いつも手紙を書いて持って行く。今日は待ちに待った植村直己冒険館だ。何日も前から何を書こうかと考えた。書きたい想いは、いっぱいあった。でも、いざ書くとなると、数行しか書けなかった。

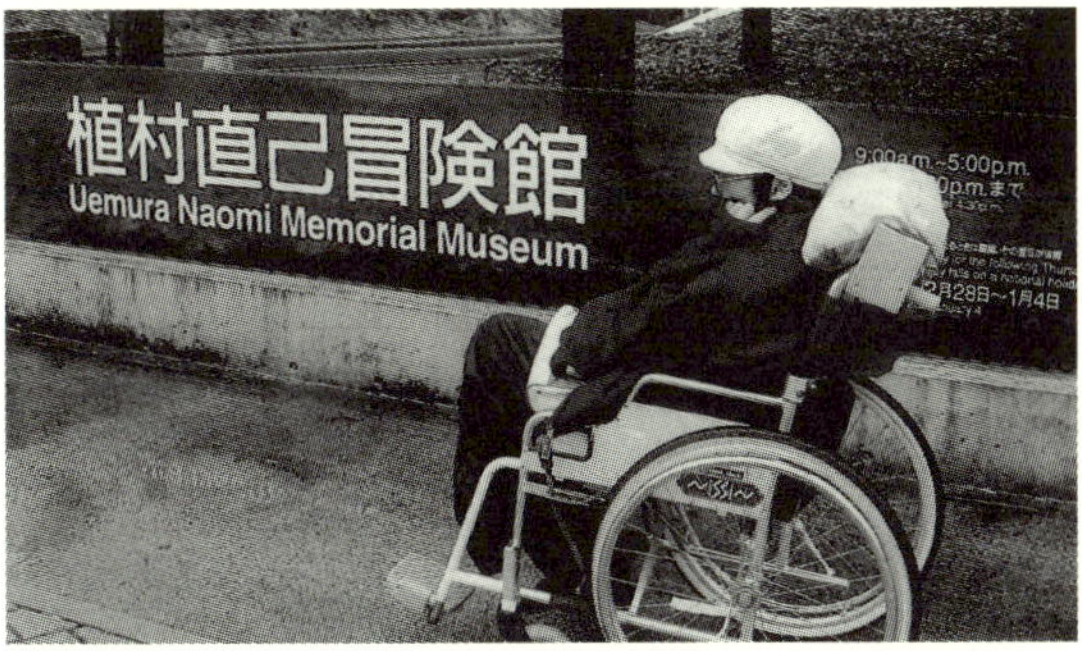

冒険館オープンから 10 年目に実現した訪問のとき

そんな短い短い手紙を握り締め、冒険館のドアを押して、中に入った。

夫は入場券を買い、手紙を渡してくれた。

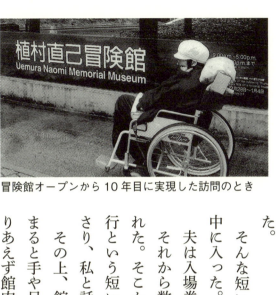

それから数歩も行かないうちに、一人の女性に呼び止められた。そこから私と植村直己冒険館との交流が始まった。数行という短い短い手紙だったのに、その方は大変感激して下さり、私と話が出来ないかと夫に聞かれた。

その上、館長さんまで挨拶に来て下さった。私は緊張が強まると手や足に余分な力が入り、言語障害もひどくなる。とりあえず館内を見てからということになり、私は植村さんの世界に魅入っていった。

はじめに短い映画を観る。そこには懐かしい笑顔があり、声があった。その声に笑顔に涙が込み上げた。それから先は見るもの全てが、植村さんの世界。正に彼が愛した世界があった。

全て観終えた後、さっきの女性と話した。私が今まで生きてきたこと、これからの夢。行ってみたい所などなど。そして最後に、私の書いた本をプレゼントしたいと言い、再会を約束し、冒険館を出た。

そして私は夢が叶った嬉しさを作文に書いて、風薫る五月、再び冒険館を訪ねた。彼女が笑顔で迎えて下さり、作文を渡し、再び植村さんの世界へ没入した。今回はもっと深く理解出来たように思った。

私が観終えるのを待って、彼女が「啓子さん、これ見て」と掲示板の所に案内して下さった。そこには、私が書いた短い短い手紙が美しく貼ってあった。その心遣いが嬉しくて涙が出そうになった。それから、彼女は、

「植村直己冒険館だよりに啓子さんのことを載せたいのですが、いいですか」

と信じられないことを言って下さった。

冒険館だよりには「私と植村さん」というコーナーがあり、そこには色々な冒険をした

人や世界の山へ登った人などが紹介されている。そこに私のことを載せて下さるという。植村大好き人間になって三十年余り。このようなかたちで植村さんとつながりが出来るなんて、本当に夢のようだ。

植村さんを知るまでの私は、したいことがあっても「障害の重い私には出来ない」と諦め、夢も希望も持てず、悩み続けていた。

でも植村さんは夢を持ち続けて、確実に実現させていかれる。私も「この精神を見習って、頑張らなければいけない」と思った。

それから私はタイプを勉強し、本を出したいという夢が生まれた。その後、タイプからワープロになり、夢が実現した。そして結婚も出来、二冊目の本も出せた。次の夢は三冊目の本の出版だ。

夢を持ち続けて、コツコツと努力すれば夢は必ず実現する。これは植村さんの信念だった。植村直己冒険館は、「人々の夢を応援する所」だそうだ。

歩けもせず、手も不自由、話すことも出来ない私だが、植村冒険館とつながりが持てたことで、また新たな世界が広がるだろう。これからも夢を持ち続けて生きて行きたい。

平成十八年度京都府主催「心の輪を広げる体験作文コンクール」最優秀賞受賞

大好きな女性《ひと》

岡本美智子さん。兵庫県豊岡市日高にある植村直己冒険館で働いておられるスタッフの方である。

初めて植村直己冒険館へ行ったのは、二〇〇六年三月十九日のことであった。それは十年近く「行きたい行きたい」と思い続けて、やっと夢が叶ったのだ。

岡本さんと出会ったのは、その時であった。

私は言葉が言えないので自分の思いを伝えるために、どこへ行く時も手紙を書いて持って行く。その時も植村さんへの手紙を持って行った。書きたい思いは山のようにあったが、数行の短い手紙になってしまった。その手紙を読んで、岡本さんは私と「お話が出来ませんか」と言って下さった。

初めて会って、初めてお話をした。人間は「第一印象が大事」と言うが、私は彼女がひと目で好きになった。いわゆる、ひと目惚れである。私にひと目惚れされても岡本さんはご迷惑だと思うが、本当に素敵な方である。

美人さんで、優しくて、頭が切れる女性って感じなのだ。「人は自分にないものを持っている人に憧れる」と言うが、正にそれだ。

会えば会うほど好きになる。それで会う度に、

「私、岡本さんが大好きや」

と、告白している。

初めてお会いした時、二十歳代かなあと思っていたら、何と高校一年と小学校六年生の男の子がおられると聞いて、驚いた。先日もそんな話をしていて、

「二人も男の子がいると大変で、いつも家では、あなたたちのお陰で、お母さんは性格が悪くなるわと言って、怒っているんですよ」

と言って、笑っておられた。

でも、本当は優しいお母さんなんだろなあと思った。

岡本さんは言葉の言えない私のために、いつもＦＡＸを下さる。それで私も喜んで返事を書く。ところが手が震える私は打ち間違う時がある。例えば、植村さんの名前がついた花「an adventurer NAOMI」と書いたつもりが「au adventurer NAOMI」と書いてしまった。

送った後で気が付いて夫に言うと、

「AUならKDDIやんか」

と言って、笑われた。たしか私は「アン　アドベンチャー　ナオミ」と口で言いながら打ったはずなのに「なんでNがUになるんや」と、自分でも不思議でならなかった。そう言っている私を見て、夫が冷ややかに一言、

「ただ、アホなだけや」と……。

そこで「これは訂正のFAXを……」と思い、書いて送ったのはよかったが、またまた大失敗。

岡本さんから「植村さんの名前がついた花、an adventurer NAOMIが冒険館に来ているので、見に来て下さい」とFAXをいただいた日、夫は大好きなパチンコに行っていたので、「パチンコの結果によって行けるかどうか決まります」と書いたつもりが、パチンコの「パ」が抜けていたのだ。

それに気が付いたのは、また送った後だった。

自分ながらおかしくて、笑い転げてしまった。

なぜ抜けたのか、原因はわかった。私は同じ言葉を繰り返す時は、範囲指定してコピーをするのだ。その範囲指定する時に「パ」が抜けたのだ。

帰った夫に見せると、この上もなくアホにされ、

「これを読まれた岡本さんは、イスから転げ落ちてはるで」

と言われて、二人で笑い転げた。

翌日、またまた訂正のＦＡＸを送ると、

「私も、ふきだしてしまいました。間違いだろか。それとも啓子さんは、ふざけてご主人の遊びのことを、こう言っているのかなあと思ったりもしました」

と、返事が届いた。

またまた私は笑い転げてしまった。それ以来、ＦＡＸの話になると、あの失敗を思い出し、笑ってしまう。作文は何度も読み返すので間違いは少ないが、手紙やＦＡＸは早く送りたいと気が焦るので、間違いも多くなる。

こんな私だけれども、岡本さんには末長くお友達でいてほしい。

岡本さんと出会えて、本当に嬉しい私である。

その花の名は

二〇〇八年三月二十九日の土曜日、植村直己冒険館からＦＡＸが届いた。

豊岡市日高町の桜のもとで

一人でテレビを見ながら昼食を食べていた私は、ＦＡＸの手書きの文字を見るなり、

「あっ、岡本さんからだ」

と叫んだ。きっと嬉しい知らせに違いない。そう思うと待ちきれず読み進めると、なんと三ページもの長いＦＡＸだった。

内容は「冒険館に植村さんの名前の付いた新品種の花が来てるので、見に来てほしい」とあった。その後に紹介文と、新聞記事を一緒に送って下さったのだ。

それによると、兵庫県上郡町で農園を経営しておられる園主さんが植村さんの出身大学の後輩の方。それで、先輩である植村さんに憧れ、「どうしても、植村さんのような花を作りたい」と思い、交配に交配を重ねて、やっと出来上がった花だそうだ。その年月は、なんと二十四年という長い年月がかかったそうだ。

これは、なんとしても見たい、と思い、夕方まで夫の帰りを待ちわびた。夫が帰るな

り、

「これ、行きたい。これ！」

と言い、岡本さんから届いたＦＡＸを見せると、

「よし、行こう」

花の大好きな夫は、ためらうことなく言ってくれて、その日が来た。

二〇〇八年四月五日土曜日。午前九時半、出発。冒険館までは二時間あまり。近くで昼食を済ませ、冒険館へ向かう。

駐車場から暫く歩くとスロープがあり、その向こうに出入り口がある。それはクレバス（氷河や雪渓の深い割れ目）をイメージして造られた通路になっている。夫に車イスを押してもらい「また会いに来ましたよ」と心の中で叫びながら進む。

出入り口が近くなると、ガラスの扉の向こうで岡本さんが手を振って下さっている。岡本さんには連絡しておいたので、待っていて下さったのだ。十カ月ぶりの再会を喜んで、中へと入る。

「これが、その花なんです」

と、岡本さんがニコニコ嬉しそうに手で示された。

「ああ、やっぱりランですね」

花好きの夫が言って、私たちは食い入るように花を見た。

その花はランの仲間でも、華やかなランの仲間のイメージではなく、控えめでひっそりしていて、それでいて強さを感じる。正に植村直己さんのイメージだった。ランの種類の花は寒さに弱いが、この花は「氷点下四℃でも耐えられる」そうだ。見惚《と》れてしまった私。

その花の名は「an adventurer NAOMI」だった。

交配に交配を重ねて、花の咲くまでの段階が展示してあった。その年月は、二十四年間というのだ。世の中にはすごい人がおられるものだと感動した。

花を見終えて、感想や、お互いの近況などを岡本さんと話した。その中で夫が、

「啓ちゃんは相撲も好きで、大阪場所へ行ってきたんですよ」と言うと、

「うちの館長も相撲が好きなんですよ」

と、岡本さんが教えて下さった。

その時、事務所へ宅配便で大きな荷物が届いた。それから間もなくすると館長さんが帰ってこられ、荷物の中身を見せて下さった。

「それ、何ですか？」

一人のスタッフの方が尋ねられると、

「これか？　ごみ箱や」

と館長さんは笑いながらこたえられた。なるほど、ごみ入れとして、道端に置いてある網の箱だった。

館長さんのお話では、「その花は夜露が好きなランなので、夜露にあててやらないと弱る」とのことだが、そのまま出しておくと、盗難に遭ったり、野生動物などに荒らされたら大変なので、その網の箱に入れて夜間は外に置くそうだ。

二十四年もかかって、やっと出来上がった植村さんの名が付いた「an adventurer NAOMI」は、それだけ大切な花なのだ。

館長さんに、そんなお話をお聞きした後、次は相撲の話をして下さって、珍しい絵番付表を何枚も下さり、

「家に化粧回しがあるから、次に来られた時に見せてあげよう」

と約束して下さった。そして岡本さんには、来年の三月に「an adventurer NAOMI」を作られた園主さんの「ラン展に一緒に行こう」と誘ってもらった。「なんて幸せ者なんだろう」と感謝感激の私。

そのうえ、偶然に来ておられた産経新聞の記者さんに取材までしてもらった。

ここへ来ると、いつでも植村さんに会えて、優しいスタッフの方が迎えて下さる。植村

さんを知って四十年近くになるが、こんな幸せな時が来るとは思っていなかった。夫は「これは頑張って生きてきた啓ちゃんへの褒美や」と言ってくれる。

でも、そうではなくて優しい方々がいて下さるから私の幸せはあるのだと思う。

最後にまた展示室へ行って、植村さんに会って「また来ますから……」と言い、帰路に就いた。

それから数日して、産経新聞の地域版に私の記事が載った。その新聞記事は、その日のお昼にＦＡＸで岡本さんが送って下さった。私たちは喜んだが、母に見せると、すかさず、

「そんな遠いとこまで行って新聞に載せてもらうなんて、ほんま厚かましい子やなあ」

と、叱られてしまった。

でも私は植村直己冒険館に行けて、本当によかった。植村さんは私の生き方の原点だ。だが、植村さんのように大きなことが出来るわけではない。ただ植村さんのように「夢を諦めることなく、それに向かって努力をしていく」私も自分なりに、そんな生き方がしたい。

そして、あの「an adventurer NAOMI」と名付けられたランのように、誇りを持って、ひたむきに生きていきたい。

イワカガミ

♪晴れた五月の青空に……♪

と、夫が歌うメーデーの歌のように、今日の空は雲ひとつない。風はさわやかに吹いている。そんな五月の風に誘われて、夫は体の調子が悪く気分の晴れない私をドライブへ連れ出してくれた。

車は奥上林からさらに奥へと分け入って行く。私も夫も山が大好きだ。だが私は自分の足では一歩も歩けない。そんな私のために、夫は山道をドライブしてくれる。

何日か前のこと、仕事から帰った夫が、

「啓ちゃん、イワカガミの花を見に行こうよ。車道のすぐ近くに咲いているらしいよ」

と嬉しそうに言った。以前、長老山に登った友人から、その花の話を聞いていた私は、信じられなかった。

「どこの山？」

「頭巾山」

「どこにあるの？」

「奥上林」

「本当に見れるの？」

「さあ？　行ってみないとね」

と、会話は続く。

「誰から聞いたの？」

「会社の同僚」

「花に詳しい人？」

「そうだよ」

と、夫は疑っていない。

私が知っているイワカガミの花は、高山植物のひとつで、高い山の頂近くにだけ咲く、ピンクの美しい花だ。そんな高山植物を見られるとは思ってもみなかった。花の本は手元に何冊もあり、何回となく見ているが、あらためてページをめくる。イワウメ科イワカガミ属、先が房のように分かれた紅い花を下向きにつける。根元の葉が円形で、鏡のようによく光を反射する。岩の隙間から針葉樹の林まで広く見られるとあった。

我が家に咲いたヒメキキョウ

夫は朝早くからおにぎりを作り、簡易トイレを積み込み、準備を整え、和知を出発。四十分ほど走っても車はまだ山道を上り続ける。時折山藤の美しい紫が眼を楽しませてくれ、私の目は車窓に釘付けだ。細い細い山道が続く。この道は初めて通る道。

「大丈夫？」

「さあ、どうかな？」

と、いつもの会話。道はますます急な坂になる。

突然に対向車！「へえー、こんな山の中でも車に出会うんだ」とびっくり顔の夫。今日はゴールデンウイークの谷間、アウトドアーを楽しむ人たちも多いと聞く。

やがて、美しい滝の前にきた。「京の自然二百選、裏八反の滝」と標識がある。ここでお昼にしようと、車を路肩へ寄せ、いつものようにお弁当を広げる。

私はマイコップを持ち、まだかまだかと待つ。山で飲むビールの味は最高だ。今日のお弁当は唐揚げとおにぎり、蕗の佃煮。

いつもはシートの上で大の字になって昼寝をする夫が、さっさと食事を済ませて、滝壷のほうへ上って行った。

「エイレンソウとね、ニリンソウ、ショウマはあったけど、イワカガミはないよ」

と、残念そうに言って戻ってきた。それから記念撮影。夫はしきりに「いいなあー、いいなあー」と言いながらシャッターをきる。春の息吹が全身を包み、何とも言えない気持ちになっていたら、「行ける所まで行ってみよう」と片付け始めた。

道はだんだん細く、急になる。片側は深い谷、夫は慎重に車を走らせて上って行く。やがて「ジャジャの滝」という標識があり、道は行き止まりになった。そこは小さな広場になっており、そこでUターンしなければならない。しかし、狭い。夫は慎重にハンドルを回すが、なかなかUターン出来ないでいると、一人の登山者の方が下りてこられ、後方の安全確認をして下さったので、無事に方向転換が出来た。夫はお礼の言葉を言い、イワカガミの事を聞いた。その方は、

「このすぐ上、山頂近くは満開ですよ」

と教えてくれた。

私を車椅子に移し、近くを散策する。「ジャジャの滝」の由来が書いてあった。滝は蛇のように細くうねり、流れ落ちている。が、由来は「流れ落ちる水の音が、ジャジャと聞こえるから」とあった。読み終えた夫が、つまらなさそうに「ふん」と、鼻で笑う。そして岩肌を指差し、「あれがイワタバコの葉」と教えてくれた。小さな濃い緑の葉が、岩肌に張り付いている。

「家のイワタバコと同じ?」

と聞くと、

「そうだよ、夏になるときれいな花が咲く」

と嬉しそう。

それから、一人で登山道を少し登って行ったとおもったら、あわてて下りてきて、

「啓ちゃん、啓ちゃん、イワカガミがあったよ！」

と言いながら、カメラをかかえて、また登って行った。私も夫の登って行った方向を見たが、イワカガミは見えなかった。夫はすぐに下りて来て、

「すごいよ！　大群落だ！」

イワカガミの花　淡いピンク色

と大喜びしている。

「私も見たい！」

と言ったけど、それは無理なこと。夫は崖の上を指差し、

「ほら、あそこ、ピンクの花が見えるやろ」

と言うが、それはぼんやりと色が見えるだけで、何の花か分からない。が、これも

仕方がない。夫が撮った写真を楽しみにしよう。

こうして「イワカガミ」の咲き誇る、山頂近くに来られただけでも、私は嬉しい。

気分も晴れ晴れ、山をあとにした。

和知から和知へ

午前七時三十分過ぎ、和知駅で、

「福知山から和田山、播但線で姫路、山陽線で京都、山陰線で和知まで。障害者一名、介助者一名でお願いします」

夫が窓口へ障害者手帳を差し出しながら言うと、

「えっ、一周されるんですか」

と、ちょっと不思議そうに駅員さん。

今日は久しぶりに汽車の旅。私は少し興奮気味だ。二〇〇五年五月二日。風は少し強いが、心配した雨は上がって、少し青空ものぞいてきた。

私が姫路へ行くのは何年ぶりのことだろうか。あれは二十七歳の頃だった。京都の城陽の福祉センターにいた頃、その施設の先生の紹介で姫路へ行ったのだった。

私も「何か仕事がしたい。一人で生きていける道を見つけたい」そんなことを夢見て、授産施設へ入所したのだった。私は和文タイプの仕事がしたかったのだ。でも次の日から練習ばかりで、障害の軽い先輩の中で、私は仕事をさせてもらえなかったのである。

それでも「いつかは、いつかは」と思って頑張っていたのだが、仕事をさせてもらえるようになる前に体を悪くして、十カ月足らずで退所したのだ。

それ以来、あの施設へは行っていないし、行きたいとも思わないが、その時の一人の友には「会いたい会いたい」と思い続けて、先月ようやく訪ねることが出来た。彼女は、あの授産施設を出て、実家近くのナーシングホームに入所して、介護を受けていた。私と同じように首が痛くなったそうだ。それで夫に頼んで、母と面会に行った。二十数年ぶりに会うことが出来た友。懐かしさが込み上げ二人で泣いた。姫路での生活は私にとって辛い十カ月だったが、彼女は三十年あまりもいたようで、懐かしい思い出らしい。

その頃、彼女にはボーイフレンドがいて、彼のことを思い出して、二人で笑った。

その姫路の授産施設へ行くには、姫路城の前を通るのだ。私も何度となく父に送迎をしてもらって行き来したり、友達とも何回か行った姫路城を見たくなり、帰りに、

「ここまで来たんやから姫路城を見たい」

と夫に言ったが、

「今日は止めよう。お母さんも疲れているし、遅くなるから」

と言われ、その日は見せてもらえなかった。

それで今日は姫路城を見に行くのだ。

七時四十九分の汽車で福知山へ向かう。着いたのが八時四十分近くだったが、乗り換えの汽車の出発までは一時間以上も間がある。とにかく一度改札を出る。

この駅にもたくさんの思い出がある。二度の城崎への旅。北近畿タンゴ鉄道での丹後半島の旅。越前旅行のため、この駅で車を借りる姉と待ち合わせたこと、そんな思い出に花を咲かせながら時を過ごした。

山陰線城崎行きの電車は三番ホームからの出発なので、駅員の方に誘導されて線路を渡る。この駅にも、まだエレベーターがないのだ。スロープを下って線路を渡り、スロープを上がる。十時少し前に出発、今度は和田山で播但線に乗り換える。そして姫路。着いたのはお昼過ぎだった。

久しぶりの姫路。夫は初めての町だと言う。とにかくお昼にしようと食堂を探すが、いつものことで、なかなか車椅子で入れるようなところは見つからず、一時少し前、お城の近くのトンカツ専門店に入ることが出来た。ようやくビールが飲める。私のマイコップを夫が出してくれ、ビールを頼む。

「大瓶二本。コップは一つでいいです」

と、いつもの夫。夫は「おろし大根トンカツ定食」、私は「エビフライ定食」、おいしかった。イヤな顔もせずに入れてくれたので、いつものようにお礼を言って、店を出た。いよいよ「国宝」の姫路城だ。別名「白鷺城」と呼ばれているだけあって、その姿は美しい。あの苦しい時代から永い永い時は流れた。今こうして夫と二人で静かに天守閣を見上げていると、あの時のことが夢のように思えてくる。あの姫路時代のことが……。

「早く神戸に行かないと、夜になってしまうよ」

夫の声で我に返った。

そして新快速に乗る。速い。あっ！と言う間に神戸に着いた。「とにかく山の手だ」と夫は歩き出す。車椅子を押して坂道を三十分近く。夫の息が上がってきた。そこで道を聞く。「まだ三十分近く歩かないと」とのこと。私は「コーヒー」と書かれた店を見つけて、

「コーヒーでも飲んでひと休みしようよ」

と夫に言う。

そのコーヒー店は小さなお店だったが、喜んで車椅子が入れる空間を作ってくれた。私はアメリカン。夫はブレンドのアイスコーヒー。疲れた身体に冷たいコーヒーはおいし

かったし、マスターが「もう少しですよ」と言って下さったのも嬉しかった。

ＮＨＫ神戸放送局の横を左に曲がると、一段と坂は急になる。三〇〇メートルほど上ると目的の標識はあった。

「やっと来たよ」

と夫は嬉しそうに言い、デジカメを向ける。

私はＮＨＫの朝ドラが好きで、良く見る。先頃終わった「わかば」はこの神戸が舞台だった。夫はジャズが好き。この神戸では、その祭りもあると言う。二人して一度は来たい街だった。ここは神戸山の手山本通り。通称「異人館通り」、緑と花とおしゃれなお店が並ぶ街。さっそくジャズが流れてきて夫は喜ぶ。神戸は港街、坂の街。外国大使公邸や領事館が今も大切に保存され、たくさん残っている。だが、先の大震災では大きな打撃を受けた。でも、見事によみがえった。

イングランド館、フランス館、北野美術館と緑と花の洋館が続く。それにしてもアンチークな店が多い。私は大好きな猫ちゃんを買ってもらおうと捜すが、なかなか見つからない。すると「この奥十メートル、外国の動物のアンチークあります」、夫がこんなお店を見つけた。

「啓ちゃん、ここなら猫がいるかも」

と、車椅子を押して路地を入るが、そのお店は小さな入り口で、しかも石段があり、私は入れない。夫は、

「ちょっと見てくるね」

と私を表に残し店内に入って行った。しばらくすると、お店の人と、若い男女と夫が出てきた。夫とお店の人との会話を聞いていた若い男女が、

「私たち手伝いますから一緒にお店の中を見せてあげたらどうですか」

と申し出てくれたようで、私も店内に入れた。何か夢の世界に入れた気がした。たくさんの動物たちがいた。私の大好きな猫も……。嬉しくて嬉しくて、しばし見とれていると、

「そろそろ行かないと、また出してもらわなければいけないから」

と夫の声に、夢から覚めたように我に返る。若い男女は私を待っていてくれたのだ。旅をすると若い人々のイヤな面が目につくが、こんな若者に会えると、実に嬉しい。障害者にしか味わえない

真心に支えられて店内に

喜びだろうと思う。

それにしても、あの若い人たちがいてくれなければ私は店には入れなかったのだ。この目で見て、好きな猫が買えた。二匹の猫のお土産を胸に、お店を出してもらう。

「ありがとう」

私は心からのお礼を言う。

そろそろ夕暮れ近い。あたりは少し暗くなってきた。神戸の最後は、見事なツツジの花園！　夫と二人、その花園を見上げ、神戸の街に別れを告げた。

嬉しい嬉しい一日であった。

プロ棋士

羽生さんが、第六十一期名人位になった。

私は「歩は一つずつ進み」「香車は直線に進む」このぐらいしか将棋の駒の動かし方は分からないが、棋士の人たちが好きだ。中でも何故か羽生さんが気に入っている。その羽生さんが、十三年間守り続けた棋王位を奪われた時は、悲しい気持ちになった。

夫は将棋が大好きで、テレビ放映される時は必ず見る。つられて私も見ている。だが、私が見るのは勝負でなく、そこに登場してくる棋士の人たちだ。

颯爽とした内藤さん。いつ見ても派手な神吉さん。クールな島さん。「僕もそこそこ強いでしょう」の米長さん。真面目そのものの谷川さん。いつも忙しい加藤さん。等々、一流と言われる棋士の方々は見ていて楽しい。

今年の名人戦は、森内名人に羽生さんが挑戦。「これは見逃せない」と、私はテレビの前で頑張っていた。

名人戦は、七局の戦いで、先に四勝したほうが名人になれる。その日は第四局で、それまで羽生さんが三連勝していたので、ここで勝てば名人の座を取り戻せる。その第四局で「千日手」が成立して、指し直しになってしまった。「千日手」というのが私は分からなくて、夫に聞くと「千日指しても勝負がつかないような同一局面が連続して四回続くと千日手が成立して指し直しとなるんだ」と教えてくれた。

それを聞いて、私は次の日にやるのだと思ったら、その日のうちに持ち時間内でやらなければならず、二日目の夜遅く、指し直し局が始まった。私はびっくりして、夫に「真夜中に将棋するの」と聞くと、

「そうだよ、残り時間が二人とも約二時間だから、朝方には勝負がつく」

と言うではないか。

プロ棋士たちは遊びではないのだ。一局、一局を全力投球で勝負する。二日にわたって指した将棋が、指し直しとは……。

もうエネルギーなど残っていないはずなのに、妥協せずに千日手に持っていった二人の棋士。私はすごく感動した。

午後八時前に千日手が成立して、九時から指し直し局が始まった。その結果を午前二時からテレビで放送すると言ったけれども、私は睡魔には勝てなかった。

朝一番に新聞を開く。「千日手指し直し」とだけある。千秋の思いで翌日の新聞を待った。が、その記事がどこにもない。

夫も探すがない。読者応答室にＴＥＬする。「羽生さんが勝って四連勝、名人になりましたよ。その日の夕刊に載っています」との返事。夫に夕刊を買って来てもらう。その記事を見て、私は安心した。「あと一回名人位を取ると永世名人位になれるよ」と夫が言い、「永世名人とは、名人位を通算五期獲得すること。この呼び名は、永久に消えることはない」と説明してくれた。

私は「いつなれるの」と聞くと「来年勝てばね」との返事。その来年が待ちどおしい。

古本

夫は、今宵も「図書サークル員」として、重い本を抱えて宵の市の店番に出かける。夫と出会って間もない頃、五山の送り火を見に行ったことがあった。その時、下鴨神社の古本市に出会い、二人して本を買い、車椅子の前にも後ろにも本をぶら下げて、本当に幸せな気分で送り火を眺めた思い出がある。

それは私にとって初めての体験で、こんなに本が安く買えるなんて信じられなかった。それにしても「古本市」という、その呼び名が私にはしっくりこない。本に古い新しいはないのではないか。だから私が持っている本に、古本はない。必然的に本は増えるばかりである。

夫はせっせと本棚を作ってくれる。夫も本好き。その上、私と同じ考えの持ち主。だが、一般的には、やはり古本だろう。

私は一冊の本も捨てたくないが、廃品回収の時などに、沢山の本が捨てられていたという話を聞くと悲しくなって、なんとかならないものかと思う。

こんなことを書いてある本を読んだことがある。「知的生活のバロメーターは、蔵書が少しでも増えているかどうかではないでしょうか。本が増えていない人を、私は知識人とは認めません」私は、なるほどと思った。

図書サークル員としては、いろんな機会を利用して、本のリサイクルを訴えている。宵の市の店へも本を持ってきてくれる人々が増えた。先日も、『日本文学全集』七十巻の内、四十巻近くの本が持ち込まれた。夫は一冊一冊を手に取り、いとしそうに拭きあげた。

「売れなかったらワシが買うわ」と、うれしそう。

図書サークルへも本の引き取り依頼はある。先日もご夫婦で永く教職の場におられた方から依頼があった。奥様は私もよく知っている方で、かなり高齢になっておられる。

そのため最近はなかなかお会い出来る機会がないが、以前はボランティアをしておられ、よく障害者の集まりなどに来て下さって、四季折々にお手紙もいただいていた。それが近年は年賀状だけになってしまっていたので、「どうされているだろう」と思っていたところへ、蔵書の引き取り依頼。

でも、その時は私もその方のお家とは知らず、夫は出かけた。

まだ多くの人に顔を知ってもらっていない夫は、その方のお宅へ行っても「見たことのない人やけど、どこの人や?」と聞かれて私のことを話すと、

「まあ、啓子さんの……」

と言って、驚かれたそうだ。そして本と一緒にお土産までいただいた。

お預かりした本はジャンルもいろいろで、高価な本も沢山あった。

「昭和四十三年の出版で一万三千円！」

と、突然に夫が大きな声で言う。

「これもすごいよ！」と、分厚い本を差し出す。

「すごいね！　家が建つよ！」と興奮している。

本がきっちりと詰められたダンボール箱が七つも、八つもあった。それらの本を私は、

「こんな立派な本を、なんで手離されるんだろうか」と思い、眺めていると、

「ご自宅には、まだまだ沢山あったよ」

と、夫は静かに言った。

それを聞いて、私は安心した。やはり本が好きな人は同じなのだ。でもご高齢になり、目も見えにくくなられたので、「図書サークルとやらに協力してやろう」と思って下さったのだろう。

せっかく出していただいた本なので、一人でも多くの人に読んでもらわなければならず、古本市にまわす分と、図書室に置いてもらう分を仕分けしなければならないが、それ

はみんな夫の仕事。私は個人的にお礼状を書いた。

夫は文化の譬《たと》えとして「外国人が日本の家庭を見て、感心するものの一つに、本棚にある本の多さがある。みんな読まれていると思っている」と。この話は、私にとっても耳が痛い。私は文章を書くためにパソコンを打つことも大変だが、首がふれるのをコントロール出来ないので、本を読むのにも言うに言えない苦労がある。続けて十分も読んでいると、首や肩、背中が痛くてたまらなくなる。そんなことで、確かに読んでいない本もある。

しかし、いざ「古本市に出せ」と言われると、そうはいかない。いつか必ず読むから置いておこうと思う。

これは私の夢の一つだが、誰でも自由に出入り出来て、本を読み、お茶を飲み、文学の話をする「啓子文庫」をつくりたいのだ。

夫は、今すぐにでもはじめたらと言うが、ここは町営住宅。なかなか自由にならない。でも叶えたい夢なのだ。だから、その日のためにも、本はたくさん集めたい。本は私の宝なのだ。

二〇〇二年七月、第一二七回直木賞、芥川賞の発表があった。また本が増える。それが本当にうれしい。

石仏様たち

綾部市に住んでおられる吉野様から、写真展の案内が届いた。会場は道の駅「和」で、八月一日よりとある。

吉野様は『真心つむいで』出版のおり、前作の『四角い空』が欲しいと、我が家を訪ねて来られ、その時に、

「啓子さんは山が大好きだとのこと、私が撮った大山です」

と、一枚の写真パネルをいただいた。

今、そのパネルは玄関の正面で美しく輝いている。私は山の写真を見ていると何か言いようのないトキメキを感じる。そんな思いで毎日のように眺めていた私に、今度は写真展の案内状。夫とそれを前にして、大山の写真パネルをいただいた時のことを思い出し、行きたくなり、写真の好きな夫に言うと、もちろんＯＫだった。そこへ吉野様からの電話。

「今度の写真展、啓子さんには是非みて欲しいのです。啓子さんなら必ず私の思いが伝わると思うから」

とのお誘いを受け、母と夫と三人で約束の日に出かけた。

吉野様は会場で私たちが着くのを待っていてくださった。吉野様の写真展のことは、京都新聞にも載っていて、その記事によると「御年八十一歳」とあった。

出迎えてくださった吉野様は、

「妻と一緒に撮ったものもあるのです。九年越しの作品ですが、その妻が、昨年亡くなりました。供養の意味もあるのです」

と、寂しそうに語られた。

テーマは「石仏との対話」（序章）とあった。いろいろな表情の石仏様たち。撮られた写真は千枚以上だとか。その中から二十五枚を選ばれたそうだ。選ばれるのも大変だっただろうと思う。

夫は若い時に出会った人の影響で寺社や仏様も好き。三年前の春、二人で奈良の仏様を見て歩いたことがある。岩船寺、浄瑠璃寺、そして飛鳥の里。亀石にも会った。

誰が何の為に？　吉野様もこの「北条の五百羅漢」について、そのことを言われた。

「何もわからない。謎なんですよ」

それに、何と吉野様の奥様も九州大分の国東《くにさき》が里だと言われ、夫も九州出身。なつかしそうに国東の話をしていた。熊野の摩崖仏《まがいぶつ》や国東塔、臼杵《うすき》の石仏等々。

夫が以前こんな話をしたことがあった。

「風化を防ぐために石仏の表面を保護するそうや。この世の中に永遠不変なものなんてないのにね」と。その話を吉野様としている。

この石仏たちは、カメラレンズに何を残したかったのだろうか。

「啓子さん、気に入ったのがあったら言ってください。一枚プレゼントしますから」

「本当にいいのかしら？」と思いながら、あつかましく選ばせてもらった。

「喜怒哀楽」と言うけれども、本当にいろいろな表情をされた石仏様がおられた。やはり死者への思いなのか、私の目には怒ったお顔、哀しいお顔、切ないお顔をされた仏様が多かったように見えた。でも吉野様のお話によると、「いつ行っても表情がちがうんですよ」と、おしゃっておられた。

それに、一体として同じお顔はなく、誰かに似たお顔があるらしい。そう言えば、私が施設にいた時、一緒だった友にそっくりなお顔があった。

私が欲しいのはおだやかでやさしい仏様。「誰が何のために……」と言われているが、やはり作者が込めたかった思いはあるはず。私が選ばせてもらった石仏様は本当におだやかな表情をされておられる。これを彫った人は悲しくて辛いことがあって、それ故に「こんなおだやかな顔で暮らせたらいいなあ」そんな思いが込められているような気がした。

北条五百羅漢（兵庫県加西市）

しかし、私の選ばせていただいた写真を他の人が見れば、同じように見えるのだろうか。夫が欲しいのは別のものだった。けれど、私へのプレゼント。喜んでお受けした。

今こうして瞼を閉じると、あのやさしいお顔が浮かんでくる。

おだやかで、やさしいお顔が……。

いつか夫と二人、兵庫県加西市の「北条五百羅漢」に行ってみたい。

早紀ちゃんとお猿さん

テレビを見ていた私は、一瞬息が止まるかと思うほど驚いた。一人の小さな少女が口移しにお猿さんに餌を与えている。その信じられない光景に私は見入ってしまった。

それも野生のお猿さんだという。

その番組はお昼のワイドショーで、レポーターの話と、その少女とお猿さんとの関係を動物学者に聞いたインタビューを入れても十分そこらの短い時間であった。

その少女の名が早紀ちゃん。小学校一年生。ご両親が淡路島にあるモンキーセンターで働いておられる。その愛娘さんだ。

この映像を見た学者は「これは現代の奇跡です」と言った。私もそう思った。そして、会いたくてたまらなくなった。

偶然にも、その直前に父から「淡路島へ猿を見に行こう」と誘われていた。そんなことで、テレビを見ていた夫と私は、思わず「あっ、あそこや！」と、叫んだ。

二〇〇六年六月十一日。私は早紀ちゃんとお猿さんに会うため、父と母と一緒に、夫の運転する車で淡路島へ向かった。

淡路鳴門自動車道の洲本インターを降りると太平洋に面した海岸線。車線のない細い道が海岸線に沿って続く。

淡路島モンキーセンターは、その海岸線の小さな入り江にあった。後ろは高い山に囲まれた急な斜面だ。

私はこの日のために早紀ちゃんと、お母さんに手紙を書いて持って行った。そして私の書いた三冊の本も。

入場券を買った夫に、その手紙と本を渡してもらう。すると売店の奥から女の方が出て来られた。その方が早紀ちゃんのお母さんだった。

父は用意した紐で私の車椅子を結んでいたが、私は近くにいた一人の少女に気を取られていた。早紀ちゃんだと思った。

夫が「早紀ちゃんは?」と聞くと、お母さんはその子を呼んで、私からの手紙を渡してくれた。夫が、

「早紀ちゃん、おばちゃんと一緒に写真を撮らせてほしいんだって。撮らせてやってくれるかなあ?」

と頼むと、早紀ちゃんは私の車椅子の横に来て、ピースをしながら写させてくれた。それは何処にでもいる女の子だった。

そこからお猿さんがいる所まで数十メートルほど急な坂道がある。父は一度来たことがあるため、用意周到で、車椅子で急斜面を登れるようにと、長い頑丈な綱を持って行ってくれた。夫が後から押し、父は前で引っ張ってくれて、お猿さんのいる所へと登って行った。

入り口には、「大声を出したり、おこったり、物を投げつけたりしないで下さい」と注意書きがあった。

居た。たくさんのお猿さんが！

私は嬉しくて嬉しくて、涙が出そうになった。青いシャツを着た人が私の前で餌をまいてくれ、たくさんのお猿さんが集まってきてくれた。子猿を抱いたお母さん猿もいたし、怪我をしているお猿さんもいた。

そのお猿さんに見とれていると、

「お猿さんに餌をやろう」

と夫が言った。ふと気が付くと、そばに畳十畳敷きくらいの金網の檻があった。その檻の中へ人が入って、お猿さんに餌をやる。夫は車椅子を押し、金網の中へ私を入れた。ここでは私たちが檻の中で、お猿さんが自由な外だ。

そこにはカップに入った殻付き落花生を売っているので、金網はすぐにお猿さんで鈴なりになった。いっせいに金網から手が伸びる。その小さな手に殻付きの落花生を握らす。私は最初、引ったくるように取るのかと思っていたら、優しく取ってくれる。その手の柔らかな感触が残り、何とも言えない心地良さが残った。「これが野生の猿か」と私は驚いた。

日本で最もおとなしい淡路島モンキーセンターのお猿さんとのふれあい

父も母も喜んでいる。夫も楽しげにお猿さんに話し掛けながら落花生を手渡す。

そう言えば淡路島ガイドに「ここで餌付けされている野生のニホンザルは、日本で最もおとなしいことで有名」とあった。

こうして落花生を手に渡していると、「なるほど」と思う。

その檻の中には「ここの猿は野生で、山で生活しているため、山に食べ物がある時には下りて来ません。餌は話しかけながら優しくやって下さい」と書いてあり、お猿さんが下りて来ない季節も書いてあった。

外に出たら、青いシャツを着た人（この方が早紀ちゃんのお父さんだと後で分かった）が私の掌に餌を握らせて下さった。間もなく私の周りにお猿さんが集まって来たが、私の手は思うようには動かない。そしたら何と一匹のお猿さんが私の手の親指と人差し指をつまんで優しく開いてくれた。いくらおとなしいお猿さんとはいえ、これにはビックリした。と同時に私の中に言いようのない感情が広がり、あの映像の早紀ちゃんと重なった。

環境によって人も動物もこんなに優しくなれるのだ。それが私には一番嬉しい。

別れの時、早紀ちゃんのお母さんが夫に話しておられるのを聞いた。

「早紀は人見知りする子で、なかなか一緒に写真を撮らせないんですが、啓子さんの横にすぐ行った時には、ビックリしました」

その言葉を聞いて、私は嬉しかった。

そして、あの時、早紀ちゃんは私の差し出した手を握り、握手までしてくれた。言葉が言えない私は心の中で「ありがとう」と言った。そんな私の思いを早紀ちゃんは分かってくれたのだと思った。

お猿さんと仲良しの早紀ちゃんには言葉は関係ないという気がした。

私は早紀ちゃんの手のぬくもりも忘れられない。

「お猿さんたち、そして、早紀ちゃん、また会いに来ますから、元気でいて下さい」

夢の握手

第六十九期将棋名人戦が戦われ、第五戦の前夜祭会場に私はいた。

「羽生善治名人と森内俊之挑戦者は明日からの対局のために退席されます。皆様拍手でお送り下さい」

と、司会者の声が流れた。羽生名人に続いて森内挑戦者も壇上から出口へと歩き出す。夫が押す車椅子から身を乗り出して、私は全身で拍手にならない拍手をしていた。

私たちの前を二、三歩通り過ぎた羽生名人は、そんな私を見つけると、バックして歩み寄り、私の手を取って下さった。

森内挑戦者も同じように手を取って下さった。私は思わず手を振り上げて、「やったー」と叫んでいた。

これは私がパソコンで何度も繰り返し見ている動画のシーンだ。

本当に夢のような出来事だった。

それは、今年（二〇一一年）五月三十日のこと。対局は翌日から二日間行われた。

私は重度の障害者。

「三つ子の魂百までも」と言うが、兄が歩けない私の子守りをしてくれ、いつも友だちと将棋をしていた。それを見ていた影響か、いつの間にか将棋の世界に惹かれるようになっていた。

夫は将棋が好きだ。一番びっくりしたのが「千日手」である。かなり前のこと、あるタイトル戦がテレビ中継された時だった。二日間戦われ、放映時間内には終わらず、続きは深夜になるとのこと。翌日に結果を聞くと、指し直し局となり、朝方に勝負が着いたと言うではないか。どういうことか分からず夫に聞くと「千日手と言って、同じ局面が連続して四回続くと、始めっからやり直し」と説明してくれた。

「プロ棋士はなかなか妥協しないから」と夫は言うが、二日間も戦ってお互いに一歩も譲らない生き方に、私は心から感服した。そして、棋士が本当に好きになった。

テレビ中継があると見たり、本や新聞報道を読んだりしているうち、私は「羽生善治という棋士はすごい」と思うようになり、大ファンになっていた。

名人戦は七局のうち四勝した者が勝者となり、今年は羽生名人が森内挑戦者に三連敗していた。私は心配でならなかった。

そんな時、東京へ行けるチャンスを得られ「羽生名人に手紙だけでも渡したい」という思いが湧きあがった。夫に聞くと「将棋会館へ行けば渡してもらえるかもな」と言う。将棋会館は千駄ヶ谷にあり、駅から歩いて行けると言う。私はすぐに手紙を書いた。五月十四日、千駄ヶ谷の駅に降り立つ。ここは将棋の町。駅のホームにも大きな将棋の駒がある。十五分程で日本将棋連盟の本部がある将棋会館へ着いた。職員の方へ手紙を託すと、快く預かって下さった。

夫は大喜びで、館内を見て回り、あれが欲しい、これが欲しいと子どもみたいに言う。私は羽生名人の書かれた扇子を買った。

その夜のこと、将棋連盟のホームページを見ていた夫が「啓ちゃん、羽生名人に会いに行こう！」と突然に言い出した。私はびっくり。

五月三十日の夜、兵庫県の宝塚市で会えると言う。

夫が早速将棋連盟にメールすると、返事はすぐに来た。それは「名人戦第五局前夜祭参加を受け付けました。車椅子でも大丈夫です」とのこと。

対局会場のホテルで行われる前夜祭には、対局者も同席されると言う。

羽生名人に会える。またまた思いがけない出来事に私は夢見心地で二、三日が過ぎた。

そして五月二十一日、郵便受けを見た私は我が目を疑った。羽生名人からの手紙で、紛れもなく、大東啓子様と書いてあった。

「来た来た来た！　返事が来た！」と私は叫んでいた。言語障害のある私は上手く言葉が出て来ない。もどかしさが先に立ち、ますます聞き取りにくくなる。夫はすぐに気がついた。

「返事が来たの？」と聞く。

私は手紙を抱きすくめて、しばし呆然としていた。私に来る手紙は全て宝物だが、ましてや「羽生名人」からともなれば、また格別だ。

もう私はそれだけでも十分だったのに、羽生名人に会える日が来た。

五月三十日、宝塚ホテルへ行く。会場へは一番乗りであった。来賓の挨拶から始まり、会は進行していく。

対局者を囲んでの懇親も始まった。沢山の方が羽生名人や森内挑戦者を取り囲んで、なかなか近くへは行けなかったが、テレビでしか見たことがなかった羽生名人・森内挑戦者が、手を伸ばせば届きそうな近くに居られるのだ。

そして、やっと私の番が来た。羽生名人はにこやかに腰をかがめ、車椅子の横へ来て、記念の写真を撮った。

私は感激で涙が溢れそうになり、手を差し出したが、人が多くて気がついてもらえず、握手は出来なかった。

言葉の言えない私の願いが、夫にも分からないのかと悲しかった。

その数分後、あの夢のような握手が私を待っていた。歓声を上げる私を、にこやかに見守って下さる方々。

その興奮冷めやらぬ私たちに若い男女が近寄って来られ、「先程の握手の場面が動画でありますす。良かったらお送りしましょう」と言われた。夫はアドレスをお聞きし二人して大喜びをした。

翌日から宝塚ホテルでの対局が始まった。この第五局も羽生名人は勝ち、それから三日後に羽生名人から二通目の手紙が届いた。

「あー、啓子さんだとすぐにわかりましたよ」と書いてあった。第六戦も勝ったが、最終戦に負けて、羽生さんは名人位を失った。だが、私の手には羽生名人、森内挑戦者の、手の温もりが今でも残っている。

願い続ければ夢は叶う。多くの方々のお陰で、また一つ私の夢が叶った。

感謝感謝である。

あこがれの羽生名人と

車椅子アルペンルートの旅

「間もなくバスは雪の大谷と呼ばれている室堂平へと上って参ります」とガイドさんの代わりに、バスの中のテレビが言った。

「あっ、ここだ！」興奮を抑えきれなくなった私は、隣に座る夫の腕を握り締めた。

「雪の多かった昨年は約一八メートルの雪の壁でしたが、今年は雪が少なく、八メートルの雪の壁です」と案内は続く。

私はただ感激で、雪の壁を見上げるばかりであった。

「ああ、ついに来た！」ここに来た！　この雪の室堂平に！

私の夢がまたひとつ実現した。

私は山に憧れた。しかしそれは遠い遠い憧れであった。

私は重度の障害者であり、車椅子での生活しか出来ない。そんな私が山に憧れるのはまさに無いものねだりの極致みたいなもので、その夢を実現しようとすれば大変な労力を要することになり、沢山の人力を借りることになる。そうして、美ヶ原に登り、比良山にも

黒部ダムより北アルプスを望む

登った。上高地も散策出来たし、乗鞍にも上がれた。

そこには多くの方々の心優しい応援があった。

私の父は山が好きで、一人で山へ行く。その父に立山に行きたいと頼んだことがあったが、父の返事はそっけなかった。

今回の旅の話は昨年末にさかのぼる。

「ねえー」と私が言うと、それ来た！とばかりに夫は身構える。私のわがままは何時《いつ》もこの「ねえー」から始まるからだ。

「今度は何？」と夫は言う。「私アルペンルートに行きたい」「あの立山黒部アルペンルートかい？」と首をかしげる。無理も無いと思う。夫も山が好きで沢山の情報を持っているからだ。

「何時頃行きたいの」と言うから「五月の連休頃」と答える。しばらく考えていた夫は電話を掛け始めた。瞬く間にホテルの予約が取れ、アルペンルートの詳しいパンフレットの手配を済ませた。

来年五月の一日に富山へ向かい、一日と二日に宿を取った。アルペンルートへは五月二日に登ると言う。何時ものことだが、夫の行動は早い！　何をするにもカタツムリの私にはついていけない時もあるが、こんな時はうれしい。さっそく来年のカレンダーを引っ張り出し、五月の一日、二日に赤丸を付けた。

四月の初め、予約したホテルから予約案内とアルペンルートのパンフレットが届いた。アルペンルートとは、富山県の立山駅から長野県の信濃大町を結ぶ山岳コースの事だ。立山ケーブルカーに始まり、バス、トロリーバス、立山ロープウエイ、黒部ケーブルカー、黒部第四ダムを経て関電トンネルトロリーバス、バスと乗り継いで北アルプスを横切るのだ。

それらのパンフレットを前に私の心は早くも北アルプスの山々へと飛んだ。

五月一日朝から雨、福井から石川へ向かう北陸自動車道は激しい風雨の中だった。しかし、富山に入ると、雲も切れ始め、陽射しも少し出始めた。そしてホテルに着いた時、眼前に突然立山連峰が姿を現した。美しい山の姿だった。しばし我を忘れて見とれた。

何は無くても山がある！　そんなホテルだった。

二日は朝から雨、計画変更。三日、朝早く風呂に向かった夫が戻って来た。少し興奮している。急いで私を車椅子に乗せ、四階のロビーへと上がって行った。

「ほら、立山連峰に朝日が昇っている！」

と指を指す。まだ明けきらない東の空に立山連峰が浮かび、朝日が昇りはじめていた。

「今日は良い天気になりそうだ」

と夫は嬉しそうに言った。私は言葉を無くし、立山連峰に見入っていた。

立山駅は標高四七五メートルのところにあり、無料の駐車場を持っている。だが、今日は五月の三日、連休の初日でもあり、そのうえ待ちに待った好天気にも恵まれて、大変な人出であった。当然のこと、車の置き場も無いようだ。夫は係の方に事情を話し、どうにか駐車させてもらった。

立山駅も人であふれ返っていた。私を切符売り場の近くで待たせ、切符を買いにいったが、すぐに帰ってきた。もう切符は無いと言う。今日の分は売り切れとのこと。私たちは途方に暮れた。

何か方法はないかと夫は事務所へ向かう。

と、制服を着た方が夫に何かを話し掛けている。夫は嬉しそうにその方と私に向かって来た。

「啓ちゃん、臨時バスを出して二人だけでも室堂まで連れて行ってくれるそうだ」と言うではないか。そのバスはすぐ来て、私たちの前に止まった。夫は私を抱えて座席に座らせ車椅子を荷物入れに載せた。そして私の横に座りながら、「こんなに沢山の人たちが登れないでいるのだから、乗せてあげたらいいのに」と言う。するとマイクから臨時便のアナウンスが流れた。夫は「人は同じ環境では同じことを考えるね」と言った。バスはすぐに満席になり、標高二四五〇メートルの雪の室堂へと出発した。剣岳が見えた。黒部ダムへも行った。そして、赤沢岳も見上げた。

整理券を貰い、次の乗り物に乗るため列に並ぶと、すぐに前に行かされ最初に乗せてもらえた。至る所でそういう心づかいを受け、私の夢は叶えられた。室堂平で帰りのバスを待ちながら、私は幸せだった。今回も沢山の方々に支えられて、私の夢は叶ったのだ。さようなら雪の山々よ。私は頑張って生きていくからね、とよびかけ、立山に別れを告げた。

平成十九年度京都府主催「心の輪を広げる体験作文コンクール」佳作

思いがけない再会

近ごろ私は首の痛みがひどくなってきた。

朝の内は少し楽だが、夕方から夜になると、痛くてたまらなくなる。人間の頭の重さは、体重の三分の一ほどもあると言われているが、私の場合、菓子メーカー不二家のマスコット人形である「ペコちゃん」のように、休むことなく重い頭が揺れているのだから、それを支えている首にとっては過酷な重労働なのだ。痛くなっても無理はない。

主治医の長谷先生にも、

「使い過ぎると頚椎《けいつい》の手術をしなければならなくなるので、昼間でも時間があれば横になって首を休めるようにしなさい」

と、いつも言われているが、手も足も不自由な上に背骨が曲がる「せき柱側彎《そくわん》症」で、おまけに腕や股関節も痛くて、簡単には横にもなれず、大変な思いをして横になっても、また起きる時も大変なのである。昼間は一人なので、人が来たり、電話がかかったりすると、急に起きられないので、困るのだ。

それで、「なんとか横にならずに頚椎を休められる方法はないものか」と考え続けていると、名案が浮かんだ。「これや！」と思い、夫に、

「車椅子に枕は付けられれんやろか」

と言うと、首をかしげた。

夫は何でも木で作ってくれるので、今度も私のリクエストに応えてくれると思っていたら、その夜に、もう車椅子に枕が付いた。

それは木で台を作り、車椅子の両方のハンドルに噛ませて固定し、その上に枕を置き、ゴムバンドで止めたものであった。発想は素晴らしく、感心した。ところが、うしろに行き過ぎたり、背中が痛かったりして、なかなか私の頭に添わないのである。そこで夫は工夫をして何回も作りかえてくれた。それで、どうにか頭が納まるようになり、首は少し楽になった。

でも車椅子が十年以上も前に作ってもらったものなので、体に合わなくなって、座布団を何枚も重ねないとお尻や背中が痛くてたまらなくなっていた。

そんなある日のこと、防災無線のお知らせで、「身体障害者巡回更生相談が和知町である」と知り、「新しい車椅子を作ってもらえないだろうか」と思って、相談に行くことにした。

「身体障害者巡回更生相談」とは、補装具や補聴器、車椅子などの修理、その他、色々なことを相談する場である。そこには整形外科や耳鼻科などのお医者さんが来ておられて、診断をしてもらえる。京都府下全域を巡回するので、和知町は年に一回しかない。

それは二〇〇五年五月二十日だった。

午後一時から三時までだったので、昼休みで帰っていた夫が一時前に送って行ってくれて、母と行った。

場所は行き慣れた和知駅の隣にある、ふれあいセンター。受付で色々と聞かれ、「新車?を作ってもらうのは無理かなあ」そんな気がしたが、ふれあいセンター内のアリーナへ入って待つように言われた。

アリーナへ入ると、相談に来られている方は二〜三人だけだった。待つこともなく名前を呼ばれて、中年の男の人に、どんな車椅子が欲しいのかを聞かれた。でも私は言語障害のため言葉が言えず、いつも初対面の人にはなかなか分かってもらえなくて困るのだが、その時も同じで、自分の希望していることが少ししか言えなかった。

次は整形外科の先生の診察。衝立で囲われた仮の診察室に行くと、

「岡嶋やけど、覚えてるか? 懐かしいな」

と、いきなり白衣を着た男の人が言われた。

その瞬間、「あ、岡嶋先生や」と思い出した。

岡嶋先生は、二回目の背中の手術の時にお世話になった研修医の先生で、十七年ぶりの再会だった。

研修医の死が「過労死かどうか」裁判になったニュースがあったが、十七年前の岡嶋先生も、昼も夜もなく頑張っておられて、すごく良くしていただいて嬉しかったことを昨日のことのように覚えているが、当然のことながら岡嶋先生はすっかり立派になっておられた。

「結婚したんか。でも、ちょっとも変わってへんなあ。背中の痛いのは治ったか」

と聞かれた。

「背中の痛いのは治ったけど、近ごろ首や股関節や腕など、あちこち痛くて困っているんですが、今も本を書いて、頑張ってるんですよ」

と、私が胸を張って言うと、

「えっ、まだ本を書いてるんか。一冊目のは読んだけど、あとのは知らんわ」

と、驚かれた。

ちょうど会場がふれあいセンターだったので、私は証拠を見て欲しくて、待ち時間に図書室へ行き、自分の本を貸してもらい、見せると、岡嶋先生は本を手に、

「ほんまや。頑張ってるんやなあ」

と言われ、そばにおられた看護師さんに、

「この人は研修医時代の患者さんなんや」

と、説明しておられた。

その後、私は車椅子を作る会社の人を含めて、再度どんな車椅子が作って欲しいのかを詳しく詳しく聞かれた。

そして私の車椅子を写真に写したり、夫が作ってくれた枕を眺めて「これは実によく考えてある」と感心して下さったりして、最初は「私のことを分かって下さってないなあ」と思った他の方々も、岡嶋先生と話している間に分かって下さったようだ。

それで最初は言えなかったことも全て言えて、新しい車椅子を作ってもらえることになった。

それに最初から色々と私に車椅子のことを聞いて下さった方が、私の車椅子のタイヤの空気が減っているのに気が付いて、空気を入れ、おまけにタイヤのムシゴムまで取り替えて下さり、とてもとても嬉しく思った。

巡回更生相談の時間、二時間たっぷりかかって最後までいた。その間に岡嶋先生は本を読んで下さり、「また、どこかで会おうな」と言って下さった。

私は今までに四回「京都府立医大病院」に手術のため入院して、五人の研修医の先生にお世話になった。研修医の先生というのは、担当の患者とは密接に接して下さる。入院して、手術をするのは本当に大変なことである。特に術後は一つ間違えば死に至ることもあるので、研修医の先生は徹夜で痛み止めを入れたり、血圧を計ったりと、色々な処置をして下さる。目が覚める度に研修医の先生の顔があって、翌朝には元気良く顔を見せて、容態を聞いて下さり、研修医の先生には交替がないので、とても親しくなれる。

でも研修医の先生は、一年経てば他の病院へ転勤されることが多い。それで私は、退院してから五人の研修医の先生に会えたことは一度もなかった。

私は京都府立医大病院に通い始めて二十一年になる。その間に手術のための入院が四回。

通院は数え切れない。病院へ行くと、手術という最も辛い時にお世話になった研修医の先生に「会いたいなあ」と、よく思う。それがそれが今回、思いがけず再会できたのだ。それも私が生まれ育った和知で。

思いがけない、懐かしい再会であった。

停電

あの日のこと、家のポストに「停電のお知らせ」という紙が入っていた。

パソコンをしている私にとって「停電」は大問題である。それで当日までには一週間ばかりあったが、「忘れては大変や」と思い、その紙をパソコンのそばに貼っておいた。その紙を見ながら毎朝「まだ今日は大丈夫や」と思って、パソコンに向かう日々だった。

そして当日。停電は「十四時から十五時三十分頃まで」と書いてあったので、二時前にパソコンを閉じた。そうしないとパソコンをしている途中に停電すると、打ち込んでいた文章が消えてしまうのである。

それ以外は少々の停電では困らないので、本でも読んで過ごすつもりだった。その前にトイレへ行っておこうと思い、便器に座ったら、ピンポンとチャイムが鳴った。「誰?」と思ったが、足も手も不自由で言葉もいえない私は、急には出られず、声もでない。でもチャイムは一度しか鳴らなかったので、ゆっくり身を整えて五分後ぐらいにトイレから出ると、再びチャイムが鳴った。急いで玄関へ出ると、ヘルメット姿の電気工事の人。私を見て少し驚かれたようだったが、

「すみません。お知らせしていたとおもうんですけど、今から停電しますが、よろしいでしょうか」

と言われた。私は「あ、はい」と言ったつもりだったが、通じなかったようで、同じことを繰返し言われたので、私は両手で大きな丸をして見せた。するとニッコリとされて

「ほな、よろしくお願いします」と言って行かれた。

　工事は我が家の前の電線のはり替えで、幅三メートル余りの細い道に、大きな工事車が四台も五台も入って来て、十人ほどの人が、それぞれ素早く作業をされて、工事は一時間ほどで終了した。私は本を読むつもりが、道に面した窓から工事に見とれてしまった。

　工事が終わると向かいの家に工事の人がいかれるのが見えたので「うちにも来られる」と思い、玄関で待っていると、

「すみません。工事が終わって電気を送ったので、つくかどうか見ていただけませんか」

と、さっきと同じ人が来られた。私は急いで玄関の電気をつけると、

「つきますね。ありがとうございました。ご迷惑をおかけしました」

と丁寧に言って、帰られた。

　それは「当たり前」と言えば、当たり前のことだが、あまりにも丁寧に言ってもらって私は嬉しく思った。

　歩けもせず、言葉も言えず、手も思うように使えない私だが、結婚して、町営住宅で夫と二人で暮らしている。それで、昼間は夫が仕事に行くので一人になる。

　でも身の周りのことは何とか自分で出来るので、あまり困ることはないが、すごく困ることが一つある。それは私のことを知らない人が訪ねて来た時だ。

一軒の家を持っていると、セールスマンや訪問販売の人や集金の人など、いろいろな人が訪ねて来る。かりにも私は主婦なのに、ドアを開けて、私を見るなり、

「家の人はおらんのか」

とか、

「あんたでは分からんわ」

などと言われる。

「あの、私はこの家の主婦なんですが」

と言いたいが、私には言えない。

私は言葉が言えないが、相手の言うことは分かるのだ。ところが言葉が言えないと何も分かっていないと思う人が多い。

それでも現在では、かなり障害者のことが理解してもらえるようになり、いろいろな場で多くの障害者の人が活躍出来るようになった。だが、まだまだだと思う。特に重い障害を持つ者が地域で生きようとすると、不自由を感じることが多過ぎる。

言語障害一つ取っても、自分の思いが伝えられないというのは、本当に悲しい。

でも、いつも来て下さる郵便局の人とか、宅配便の人などは、知らない人でも分かって下さり、親切で優しい。

そんな優しい方々に支えてもらって、これからも私は、この地域の中で生きていきたいと思う。

平成十七年度京都府主催「心の輪を広げる体験作文コンクール」優秀賞
内閣府主催同コンクールで佳作受賞

心優しい郵便配達員さん

父は私のことを「カメ」と呼ぶ。それは不器用な父の愛情表現だ。

私は重度の障害者。何をするにも時間がかかる。ところが現在社会はスピード時代。なかでもパソコンや、携帯電話でのメールが大流行。でも、私はしていない。

「メールしてないの。なんで?」

と、みんなから聞かれるが、手が不自由で、そのスピードについて行けない。というのが一番の理由だが、それだけではない。絵文字など使わずに、美しい日本語で書く手紙が好きなのだ。美しい便せんや可愛らしい便せんに思いを込めて書き、四季折々の切手を貼って出す。そんな手紙が私は大好きだ。

年賀状も文面はお一人お一人に心を込めて、二百枚弱書く。でも、暑中見舞いは暑い時期なので、いただいた方にしか書く元気がない。それでも三十枚くらいは出す。夏が近くなると、「よーし、頑張るぞ！」と、自分に言い聞かせる。

そんな五月半ばの午後のこと。「ピンポン～」と、チャイムの音。その時、私はトイレにいた。「ハーイ」と返事はしたものの、早く出なければと思うほど出ることが出来ない。二～三分して「もう帰ってしまわれただろうなあ」と思いながら、やっと玄関へ出ると、郵便配達員の方が、

「すみません。郵便局ですけど、いつもお世話になっております」

と、にっこり笑って立っておられた。

ほとんどの人は二～三分も待たせると帰ってしまわれる。狭い家なのに私は玄関まで行くのに時間がかかって、急いで急いで行っても誰もおられない時がよくある。

「長くお待たせして、すみません」と謝りたかったが、言葉も言えず、申し訳なく思った。

「あのー。今日はかもめーるの葉書は要らないかと思って来させてもらったんですけど、要りませんか」

と言って、見本のパンフレットを見せて下さった。発売されたら夫か父に買いに行って

もらうつもりでいたから、迷わず「これ！」と、無地の葉書を指で示すと、郵便配達員さんは、

「無地でいいんですか？」

と不思議そうに言われたので、「ハイ」と応えると、

「分かりました。来月の初めには来ますので持って来ます」

と言い残して、帰られた。

私は嬉しくなった。私のような重度の障害者が一人でいる時には、売買契約をして下さる人は少ない。そこで私は「持って来られたら、すぐ渡せるように」と葉書の代金一五〇〇円を袋に入れて、玄関に置いておいた。

無地の葉書を選んだ理由は、私はパソコンでオリジナルの暑中見舞いを書くからである。色々とデザインを考えながら、持って来て下さる日を楽しみに待っていた。

ところが数日して、

「あんた、暑中見舞いの葉書、自分で注文が出来たんか」

と母から電話。私は実家の近くに住んでいるので、郵便配達員さんは気を利かして、実家へ行かれたのだ。結局、代金は母が払ってくれて、葉書は私の元に届いた。

それから間もなく、その郵便配達員さんからかもめーるが届いた。「最近は年始の挨拶

もメールでと言う人が多くなり、手紙を出す人は少なくなりましたが、『手紙が好き』と言ってもらえたら仕事にもやり甲斐が出ます。頑張ります。ありがとうございました」と書いてあった。そんな葉書をもらって嬉しくなった私は、その郵便配達員さんに前々から抱えていた悩みを聞いていただこうと思った。

私は手紙を書いても出しに行けないのだ。夫に頼むか、近くにいる父に頼むしかなかった。でも夫の通勤路にはポストはなく、わざわざ遠回りしてくれる。父にも私の都合ではなかなか頼めない。そこで「何とかしてもらえないでしょうか」と、葉書を書いた。

郵政が民営化されたので、無理かなあと思いながら返事を待った。

数日後のこと、郵便配達員さんがクリアファイルに「郵便配達員さん、差し出したい郵便がありますので、お願いします」と大きな文字で書いた表紙をつけ、持って来て下さり、

「このファイルに手紙を入れて、家のポストに入れ、表紙を出しておいてもらったら、郵便配達に来た時に持って帰りますので」

と言って下さった。私は嬉しくて涙が出そうになった。

きっと色々と規則もあり「そんなことしなくていい」という意見もあっただろうに、と

思うと感謝の気持ちでいっぱいだ。

それまで季節外れの手紙にならないようにと、出しに行ってもらえる時を考えて書いていた手紙も、書ける時に書いて、出せるようになった。私にとってこんな幸せなことはない。だから、郵便配達員さんが私の手紙を持って帰って下さる度に、家の中で手を合わせている。

そして、その郵便集配センターには、小包などを配達して下さる女性の方がおられる。この方も本当に優しい。私は車椅子なので、少し大きい荷物は持ちにくい。そんな時は居間まで運んで下さり、手の不自由な私のために「開けましょか」と言って、開けて下さり、誕生日の贈り物などの時は一緒に喜んで下さる。

私は、このような方々に支えてもらって、生きさせていただいているのだ。

体に重度の障害があるため、体のあちこちが痛く、辛いことは山ほどある。これから先、この状態は悪くなる一方だろうが、優しく、理解して下さる方々に出会えると、本当に心から「生きていて良かった」と思う。

そのような方々に多く出会えることを信じて、これからも頑張ろう！

平成二十一年度京都府主催「心の輪を広げる体験作文コンクール」優秀賞受賞

頑張れ！　心胡実ちゃん

六月に産まれてくる四人目の孫を、私たち夫婦は楽しみにしていた。

私たちには三人の孫がいる。

一人目は、長女の真奈美ちゃんと健一さんとの間の長男で「祐弥《ゆうや》くん」五歳。二人目は次女の比呂美ちゃんと君生さんとの間の長女「美生奈《みうな》ちゃん」三歳。そして長男の正和くんと亜紀さんとの間の長女の「美颯《みはや》ちゃん」一歳と六カ月。

祐弥くんと美生奈ちゃんは母体の中にメいっぱいいて、三〇〇〇グラム以上の健康優良児で産まれた。

そして真奈美ちゃんは祐弥くんを出産の後、すぐに「産まれたよ」と電話をくれた。まさか本人から電話をもらえるなんて思ってもおらず、びっくりしたことを、昨日のことのように覚えている。

でも次女の比呂美ちゃんの時は難産で、大変な思いをして美生奈ちゃんは産まれたそうである。

そして三人目の美颯ちゃんは早産で、一二〇〇グラムで産まれた。その後、保育器に入れられ、小さい体は点滴や酸素の管につながれ、一カ月も入院したのだ。その写真が送られてきた時には、私は自分が産まれた時を見たようで、耐えがたい気持ちになった。

そしてお医者さんから「どんな障害が残るか分からないので、覚悟しておいてほしい」と言われたそうである。私は孫の美颯ちゃんが、私と同じように障害を背負って生きなければならなくなるかもしれないのだと思うと、自分のこと以上に悲しくなって、涙があふれた。

ところが次に送られて来た写真には、丸々と太った美颯ちゃんが写っていた。それを見て、

「よかったね。他の赤ちゃんに負けとらんね。もう大丈夫やね」

と、私たちは喜んだ。

子どもたちも孫たちも九州にいるので、なかなか会えない。でも美颯ちゃんが一歳になる少し前、運良く夫は九州へ行く用事があって、初めて美颯ちゃんに会えたのだ。

産まれて初めて見るじーじーなのに、美颯ちゃんは、じーじーが気に入ったようで、夫の膝に抱かれて、機嫌良くしていたそうである。

その美颯ちゃんも、もう一歳七カ月になる。

歩いて、おしゃべりをして、可愛い盛りになった。

我が家には「お孫ちゃんコーナー」があり、そこには、お孫ちゃんの写真がいっぱい飾ってある。その中の美颯ちゃんの大きくなった写真を見て、

「もう美颯は大丈夫やなあ」

と、しみじみ言う夫に、私は頷く。

そんな時だった。長女の真奈美ちゃんから、「お腹に二人目の赤ちゃんが出来た」と知らせがあったのである。

それは私のために昼間ＦＡＸで届いた。もう祐弥くんも五歳なので、「次は女の子だったらいいなあ」と私は嬉しくてたまらなかった。そこで夫が帰ったら「そのままＦＡＸを見せたのでは面白くない。なんて伝えよう」と考えた私である。

そして、夫が帰って来た。

「ビックニュースやで、ビックニュース。何やと思う？」

ニコニコして言う私。しばらく考えて、

「○○さんが来てくれてんか」

と、夫。私は「ブー」と一言。すると夫は自分の知っている人の名前を次から次へと言う。

「ちがう。ちがう。お客さんじゃない」

と私は遮った。

「なんやお客さんが来るんじゃないの？　だったら、ビックニュースって何？」

その後、

「宝くじでも当たった？？？」

目を丸くして言うのである。

これでは当たらないと思って、ＦＡＸを見せると、

「えっ！　また孫が増えるんか。これがビックニュース？」

本当は嬉しいくせに、わざと気の抜けたことを言う。

あの第一報をもらったのが、十一月中頃のこと。それから何度もＦＡＸや手紙をもらい、「お腹の赤ちゃんは元気に育っていますから、四人目の孫を楽しみにしていて下さい」と書いてあり、お腹の赤ちゃんの写真まで届いた。

それを見て「今はすごいねぇ」と、ただただ驚いていた、じーじーとばーばーであった。

そして二〇〇五年も明けて、二月十日。夫が帰って夕食の準備をしていると、電話が鳴った。次女の比呂美ちゃんからで「お姉ちゃんの具合が悪くなって、お腹の赤ちゃんが

出たがっているけど、あまりに早いので、入院して手術をした」という知らせであった。

思いもしないことに、私は言葉が出ない。夫も何も言わず、二人で黙り込んで夕食を済ませた。その日は木曜日だった。次の日、夫は仕事。私は居た堪れない思いでいた。すると夫が帰る少し前になって、電話が鳴った。我が家の電話は私が言葉も言えないし、早く出られないので、いつも留守電話にしてある。その時も急いで行ったが、やはり間に合わなかった。メッセージも入っていない。それで私はトイレに行くと、再び電話。またメッセージは入っていない。この日ほど電話の音が胸に刺さったことはなく「何か一言ぐらい言えばいいのに」と、たまらなく腹が立った。

そして土日は夫が休みなので、それだけで私は救われた。でも土曜日は何もなく過ぎて、ホッとしたのも束の間、日曜日の朝、

「お腹に持ちきれず、手術をして女の子が産まれました。真奈も大丈夫ですし、五〇〇グラムの赤ちゃんですが、保育器の中で元気よく動いています」

と、健一さんからの電話。夫は健一さんが言ったことを私に伝え「いくら何でも小さ過ぎる」と言って、黙り込んでしまった。私も「待ちに待った女の子なのに……」と心配でたまらなかった。

その後、夫と私は交わす言葉も少なく、それぞれパソコンに向かい、時間が過ぎて行

く。すると健一さんから「赤ちゃんの名前が決まった」とFAXが届いた。そのFAXの文字が薄暗くて読めず、知らぬ間に夕方になっていた。名前は「心胡実《ここみ》」ちゃん。その命名の理由は、「心」はいつも中心で、「胡」は長寿で、「実」は実りある、だそうである。

私たちも、この名前がすごく気に入った。

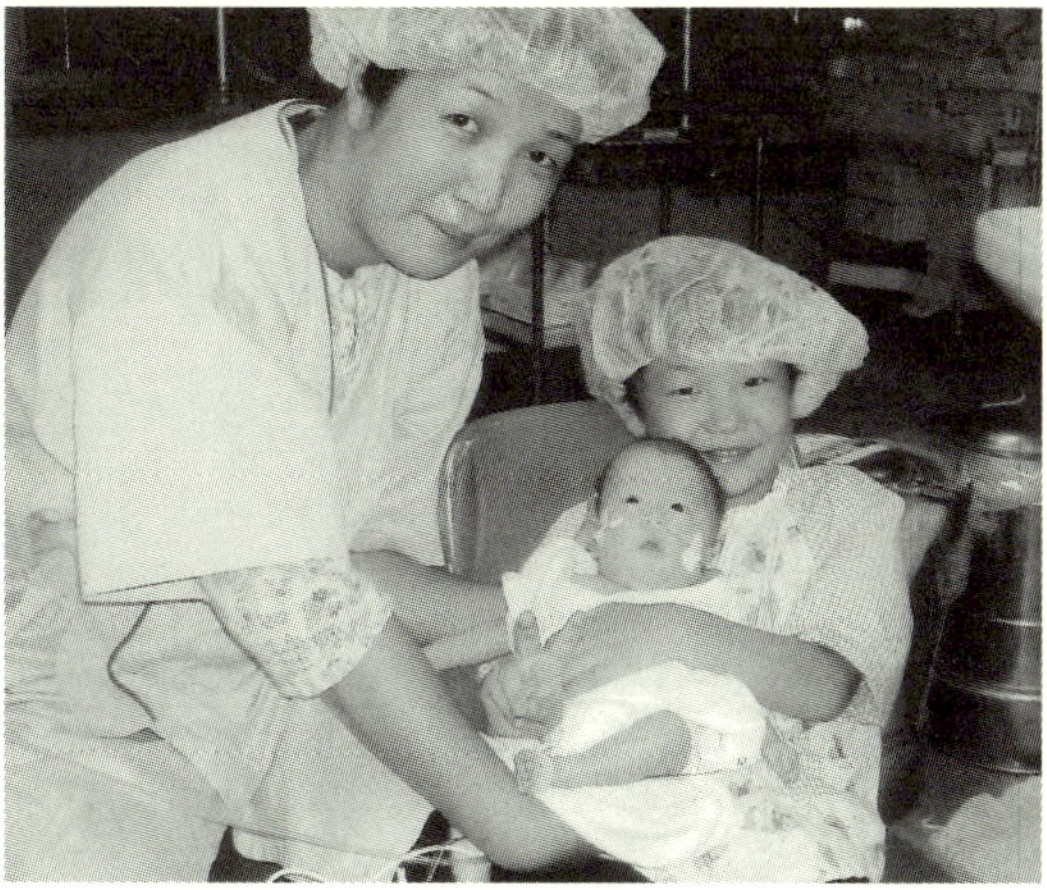

ようやく抱っこできるまでに成長した心胡実ちゃんとママ、祐弥くん

その一週間後、真奈美ちゃんは無事に退院したが、心胡実ちゃんは未熟児専門病院で頑張っている。

真奈美ちゃんが退院した日、電話をかけてきて「泣いていた」と夫が言った。当然だ。それを聞いただけで、かわいそうで辛くて、泣き虫の私は涙があふれた。

夫も辛いだろうが、必死で押さえて、

「酉年生まれのココだからワシは『コッコ』と呼ぶことにするわ。ココが大きいなったら怒るやろな」

と、電話口で冗談を言う。

「じーじー、私はコッコじゃなーい。ココです」

「いーや。コッコ」

「じーじーは何回言っても分からないね」

こんな会話を夫と心胡実ちゃんが交わす日が来ることを心から願っている。

でも私は、いまだに真奈美ちゃんに声をかけられずにいる。何と言えばいいのか。何と書けばいいのか……。

こんな時、実の母だったら……。実の祖母だったら……。出来ることがいっぱいあるはずなのに、何も出来ない自分が悔しくてならない。啓子ばーばーに出来ることは、こうして自分の思いを文字にすること。

そして、祈ること。

頑張れ！　心胡実ちゃん。

頑張れ！　真奈美ちゃん。

Ⅱ　私の家

誕生日プレゼント

平成十四年、孫の美生奈《みうな》ちゃんが、一月二十五日に生まれた。一月二十五日と言えば私にとっても「永久に忘れられない日」と言っても過言ではない。

それは昭和三十八年一月二十五日のことだ。

私が生まれて初めて親元を離れ、施設に入った日。十歳の時であった。あの年は現在でも言い継がれているが、「三八寒波」と言って、今年（平成十八年）のように、寒くて大雪が降った。そのうえ、私が入った施設は京都府北部の舞鶴にあった。

現在のように暖かい暖房設備はなく、部屋の真ん中に火鉢が置いてあるだけ。来る日も来る日も灰色の空から雪が降り続いた。

それまでコタツの中ばかりいた私にとって、それはそれは辛い日々だった。でも、体に重い障害があり、地元の学校へは入れてもらえなかった私は、その施設で義務教育を受けられたのである。あの日がなければ現在の私もないと思う。

あの日から何年が過ぎただろうか。

いまでは孫が四人になった。でも夫は、どの子の誕生日も、

「あれの誕生日はいつだったかねぇ」

と、私に聞く。それは私に頼っているのか、それとも気を遣ってのことか分からないが、男性は誕生日とか記念日を覚えていない人が多いようだ。父も何かの書類を書く度に
「お前の生年月日、いつやったかいなあ」

と、いつも母に聞く。五十数年も一緒にいる妻の生年月日も覚えていないのだ。夫も同じようなことである。

舞鶴整肢園の頃（1965年）

そんなことで我が家では、みんなの誕生日を覚えておくのは私の役目になった。中でも美生奈ちゃんの誕生日は忘れようがない。だが離れて暮らしていると、どんなプレゼントが欲しいか分からないので、それぞれ誕生日が近付くとリクエストを聞くようにしている。

美生奈ちゃんも今年で四歳。一歳二歳の時はママがリクエストに答えてくれたが、三歳、四歳になると、自分の欲しい物がはっきりしてくる。

今年の美生奈ちゃんのリクエストは「おしゃれ魔女ラブ＆ベリー」というマンガの着せ替えフィギアだった。と言われても夫や私には、さっぱり分からない。要するに着せ替え人形らしい。

さっそく美生奈ちゃんのリクエストの品を求めて、福知山まで出かけた。夫と二人で大型店のおもちゃ売り場を何周も何周もした。

ところが見つけられず、「しょうがないから、第二希望にしようか」と言いながら、もう一度ゆっくり回ってみた。「あ、あった。これじゃない？」夫が叫んだ。

「これや、これや」と私。やっと見つけたのである。

そこは何度も通ったのに、目に入らなかったと言うか、分からなかったのだ。なぜか。

それは、あまりにイメージと異なっていたからだろう。夫と私の中では着せ替え人形と言えば、「洋服や帽子などが替えられるもの」そんなイメージしかなかった。しかし最近の着せ替え人形は、洋服や帽子などが替えられるのではなく、箱の裏の説明書きによれば、例えば靴を替えようと思うと足ごと替えられるのである。帽子や髪型、そして顔の表情まで、首から上を外せば、替えられるのである。

「知らないというのは困ったものだ」と、つくづく思った。

そんなことで、その人形は一体だけでは着せ替えが出来ないので、三体買ったが、一五センチほどの小さな人形なので、物足りなく思い、人形の横に売ってあった同じ「おしゃれ魔女ラブ＆ベリー」のお絵描きセットも買った。

買い物をするとカゴに入れなければいけないが、カゴを膝に乗せると痛いので、夫が三体の人形とお絵描きセットを私の膝に置いて、それを私が大事に抱えてレジへ行くと、

「あ、このおばちゃん、三つもお人形さんを持って、お絵描きセットまで持ってはる。よっぽど好きなんや」

と幼い子の声がした。ふと見ると、美生奈ちゃんよりも二歳くらい大きい女の子が、私をじっと見ていた。そばには美生奈ちゃんくらいの女の子と、お母さん。夫は、

「そうよ。このおばちゃん、これが大好きなんよ」

と冗談を言いながら、一つ一つレジの棚に置いた。益々《ますます》うらやましくなったのか、女の子は私に近付こうとする。店員さんが私を見て気の毒そうな顔をして、急いで袋に入れる。

すると、そばにいたお母さんは勢いよく女の子の手を引っ張って歩き出した。女の子は何度も後ろを振り向いて私を見ながら人込みへ消えた。

私はかわいそうになって、いつまでもいつまでも、その女の子を見送っていた。

美生奈ちゃんのママの話によると、最近この人形は女の子たちに大人気で、都会では品切れになっているらしい。でも私たちが買いに行った時はいっぱいあったので、まだ田舎ではそんなに流行ってないのかも知れない。

それとも、あの人形は一体だけでは着せ替えが出来ず、一体を買うと次から次に欲しくなりそうなので、親が買ってやらないのだろうか。

孫の誕生日のプレゼントやクリスマスプレゼントを求めて、あの店には度々おもちゃを買いに行くが、あんなことは初めてだった。きっと、あの女の子も「おしゃれ魔女ラブ&ベリー」が欲しくてたまらなかったのだろう。

美生奈ちゃんの欲しくてたまらなかった「おしゃれ魔女ラブ&ベリー」は無事にお誕生日の一月二十五日に届いた。

美生奈ちゃんからは「じじちゃんばばちゃん、お誕生日のプレゼント、ありがとう」とお礼の電話。ママからは「美生奈がとてもとっても喜んでいます」と、言葉が言えない私のためにＦＡＸが届いた。

美生奈ちゃんに喜んでもらえて、夫と「よかったね」と言って、喜び合った。

必需品

人には、それぞれ必需品はいっぱいあるだろう。でも「これでないとダメ」とか「これしか使えない」というものは少なく、それがなければ他のものでも間に合うことも多いのではないだろうか。

私の場合、体に重い障害があるため、そういうわけにいかないことが多くある。食事をする時の食器一つでも、他のものでは食べられず、私専用のものが必要になる。

そんな私が最も困るのが外出した時のトイレだ。それでも現在はあちこちに車椅子トイレも出来た。けれども、それは観光地などの話である。

そこで夫が私専用の簡易トイレを作ってくれた。その便器は、簡単に持ち運びが出来て頑丈で、安定性がある。だから安心してドライブが出来る。特に山の中では人がいないので、大空の下で気持ちがいいこと。男性の気持ちが分かる。

夫も私も人の多い所は好きでないので、人のいない所を選んで行く。そんな時はいつもトイレを持参する。よく海へも魚釣りに行く。人のいない場所を選ぶが、海では、いつ誰が来るか分からないので、トイレに座るには勇気が要る。

「そんなもん誰も見とりゃせん」

と夫は言うけれども、女はそうもいかない。それと外出時の必需品として、車椅子専用のテーブルがある。これも夫が作ってくれた。このテーブルがなければ、私は外で食事が出来ない。そんなことで、山や海へ遊びに行く時は大荷物になる。

そして春や秋など、季候のいい時はよく外でお昼を食べるため出かける。と言っても外食するわけではない。大空の下でお弁当を食べるのだ。

でも和知町内でそんなことをすると「そんな暇そうなことしとったら、人が笑《わ》ろうてやで」と言って母に叱られるので、いつも美山・丹波・日吉・山家などへ出かける。ドライブをしながら気に入った場所を見つけると、車を止める。そしてシートを敷き、車椅子専用のテーブルを取り付けて、私の大好物のビールが用意される。青空の下で飲むビールは格別おいしい。

缶ビールも私は缶から直接は飲めないので、マイコップが必要だ。そのコップに半分ほどずつ二回も飲めば、体の力が抜けて、身も心も楽になる。

私の障害は体に余分な力が入り、その力に体が負けて、あちこちが悪くなって痛くなる。

だから体の力を抜いてリラックスできるのが一番なのだ。そのために薬も飲んでいるが、主治医の先生は「薬だけではなく、アルコールを上手に使うのも一つの方法だ」とおっしゃる。

そんな訳で、私にとってビールも無くてはならない必需品なのだ。

法事

ある日のこと、母が我が家へ来て、

「明後日は、おじいちゃん、おばあちゃん、おっちゃんの法事があるんやけど、よその人は呼ばんと、身内だけでするそうや」と、言った。

法事をすることは知っていたが、身内だけでするとは思っていなかった私は、母の話を聞いて、思わず「私も行きたいわ」と。

私は身内の冠婚葬祭などには行ったことがない。それは私が拒否するのではなく、昔の考え方で「体に重い障害のある啓子はそのような席には出なくていいもの」とされていたのだ。

父母も祖父母が亡くなった年齢を過ぎた。もう両親に何があってもおかしくない。そんなことで今回の法事にはどうしても出席したいと思ったのだ。

私がそんなことを言うとは思っていなかった母は、少し驚いたようだったが、

「ほな、急なんで、あかんかも知れんけど、おばちゃんに聞いてみよか」

と言って、すぐに電話をしてくれた。

義理の叔母は「まあ、啓ちゃんが来てくれてんやったら嬉しいわ」と、快く返事をしてくれたようだ。

それは二〇〇四年十月三日のこと。母方の祖父母の三十三回忌と、叔父の十三回忌の法要が、母の実家で行われた。そして、あつかましく押しかけて行ったのに、みんな私たち夫婦を大歓迎してくれた。そこで母が、

「押しかけ女房なら聞いたことあるけど、押しかけ法事は聞いたことないなあ」

と、みんなに言うと、

「啓ちゃんとこに来てもらえるなんて思てへんだで、嬉しいわ」

と、四歳下の従妹が言ってくれた。

母の実家の菩提寺である善入寺の竹中成圓ご住職は小学校の校長先生もしておられる。そして私の本を読んで下さり、感銘を受けられたのか、何年か前に、その小学校へ呼ん

でいただき、夫婦で講演したことがある。そんな関係でご住職にもお会いしたかったのだ。

法事が始まる少し前にご住職は来られて、私たち夫婦がいることに驚かれたご様子で、

「来ておられたんですか。お元気でしたか」

と真っ先に声をかけて下さった。

私は竹中校長先生のご住職姿を拝見するのは初めてだ。

それからご住職は持って来られた風呂敷包みを解かれて、仕付け糸の付いた僧衣を出さ

れ、一本一本ていねいに仕付け糸を切っていかれた。そこへ義理の叔母が挨拶に行き、挨

拶を済ませた後、

「どこへ行かれても、そんなていねいなことをなさるんですか」

と、恐縮したような表情で聞くと、

「そうです。お呼びいただいた時には失礼のないように、こうして新しい僧衣を持って来

るんです。こういうところから『しつけ』という言葉がきたんですね」

ご住職は静かに答えられた。

そして、切った仕付け糸を懐へしまいこまれて、法事が始まった。お経が済むと、竹中

ご住職の法話となる。しつけのお話もそうであったが、法話の内容もご住職ならではの心

に残るお話で、校長先生とはちがうお話に聞き入った。

その後は、みんなでお墓へ行く。善入寺のお墓は車椅子でも行けるようになっているので、春と秋の彼岸には私も夫と母と三人でお参りにくる。だから来慣れているのだ。そこへ、ご住職が来られて、

「ここは車椅子で来られて、いいでしょう」

と、おっしゃったので、そばにいた母が、

「お陰さんで。春と秋には啓子の家の庭に咲いた花を持って連れて来てもらうんですよ」

と言う。

「そうなんですか。それは、それは」

と、ご住職は恐縮しておられた。

お墓に手を合わせながら、私は、

「おじいちゃん、おばあちゃん、おっちゃん、今日はにぎやかでよいなあ。私も頑張っとるで。見守っとってや」

と、報告した。祖父母は、とても私を大事にしてくれた。

父の両親も、父の兄たちも早くに亡くなったので、私は知らない。そして、私は兄妹が少ないので、母方の従兄妹たちとは兄弟姉妹のように育った。

そんなことで祖母は従兄妹に、

「啓子は不自由な子やで、大事にしてやらなあかん」

と、言い続けてくれた。そのお陰で従兄妹たちは私を大事にしてくれる。私が仮死状態で産まれた時も、祖母は「どうかこの子の命をお助け下さい」と祈りながら、何日も何日も付き添ってくれたそうである。もし祖母がいなかったら、私は生きられなかったかもしれない。そんなことで祖母にはいっぱいいっぱい感謝したいことがあるので、その思いを込めて「ありがとう」と言った。

お墓参りが済むと、会席。そこでは竹中ご住職が、祖父母のこと、叔父のこと、昔と現在の子どもたちのことなどなど、色々お話をして下さり、九州出身の夫がいたので、方言の話も出た。すると、

「大阪に来た時も戸惑うことが多かったけど、和知周辺の言葉も分かりませんね」

と、夫は切り出す。そして座を盛り上げようとして、和知周辺の方言である「だんない」とか「かまへん」とか、「ほっこり」などを持ち出して、小話や、駄洒落にして言うと、みんなは大爆笑。

法事の席とは思えないほど、みんなが笑って、会席はお開きとなった。

そこで、私は思い出した。十三回忌を迎えた叔父が元気だった頃、何かがあって叔父が

実家に来て、お酒を飲んだ時のことである。叔父はお酒が好きで、少々の量を飲んでも平気だったが、かなり酔っていたのに、車で帰ると言う。私は心配で、

「おっちゃん、気ィつけて帰らなあかんで」

と言うと、

「キーつけな、車は動かん」

と、叔父がすまして言ったのである。その時は「何をアホなこと言うて」と思ったが、叔父も駄洒落が好きだったのだろう。

だから、こんな楽しい法事になって、叔父も、祖父母も、喜んでくれているだろう。私も初めて出席させてもらった法事の席。学ぶことも多くあり、懐かしい人々とも会えた。人が生きて行くとは、こういうことなんだと実感した、かけがえのない一日であった。

祖父

八月二十日は、祖父の命日である。

それは三十三年前の、一九七二年のこと、祖父は八十四年の生涯を閉じた。父方の祖父母を知らない私にとって、「おじいちゃん・おばあちゃん」と言えば母方の祖父母だけである。

でも、こうして祖父のことを書きたいと思い、パソコンに向かっても、知っていることは殆どない。ただ晩年の祖父の思い出だけが浮かぶ。

祖父は兄弟が多かったので、幼い時に子どものいない夫婦の養子になったのだそうだ。それは、かやぶき屋根の家が一軒あっただけで貧しい家だったらしい。

だが、祖父が大人になり、働き者の祖母と結婚してから、働いて働いて田畑を買い、四人の子どもに恵まれた。ところが第二次世界大戦で、結婚して女の子が産まれたばかりの長男である私の伯父は出征兵士となり、戦死。その後、戦死した伯父のお嫁さんは、次男の叔父と再婚。今度は男の子が産まれたが、難病にかかり、お嫁さんは三十三歳の若さで亡くなった。

当時は好きだの嫌いだのと言って結婚が出来る時代ではなく、国のために、家のために、親のために結婚させられたのだ。

祖父母も例外ではなかったと思うが、夫婦で懸命に働いて、財産を増やしたと言う。私の幼い時の記憶では、祖父母の家の周りの田畑は殆どが祖父母の土地であったと思う。

それが私の母の実家で、祖父の名は「越浦嘉六」といい、和知町市場で生まれ育った人だ。

若い頃の祖父は知らないが、晩年のおじいちゃんの記憶が脳裏に焼き付いている。正月にはお年玉を持って、夏には野菜を持って来てくれた。そしてお酒を美味しそうに飲み、魚を骨までしゃぶって食べていた。その食べ方を見ては「すごいなあ」と思ったものだった。

啓子さんの祖父と祖母

そんな祖父も八十歳を過ぎると体が衰えて仕事も出来なくなった。そのうえ腹痛で悩むようになったが、誰が何と言っても、
「もう仕事も出来んようになったし、早よう死にたいで病院へは行かん」
と言い張って一カ月ほども家で寝ていた。ところが我慢も限界に達したようで、周りの者の説得に応じて、病院へ。そこで「盲腸炎」と診断され、すぐ手術となった。
その時には盲腸炎は手遅れしていて、腹膜炎になっていた。でも命にかかわるよう

なことはなかったが、かなり重症で、術後もお腹に穴をあけて、ガーゼの交換をする日々が続いた。病院の先生も看護婦さんも、

「八十歳で盲腸炎になるなんて」

と驚き、

「ここまで盲腸炎を我慢するなんて」

と、驚いておられたと言う。

結局、四十日もの入院を経て、退院。その頃、祖母も血圧が高かったため、祖父はしばらく我が家で静養することになった。

それまで祖父が我が家に来ても「百姓があるでな……」と、すぐに帰ってしまったが、その時は長くいてくれて、嬉しくてたまらなかったことを覚えている。

祖父はかなり耳が聞こえにくくなっていて、言語障害のある私の言葉が理解しにくいようで、「啓子のいうこと、ワシには分からんわ」と悲しそうに言うので、私は鉛筆を握って、必死で文字を書き、思いを伝えようとした。でもタイプも、ワープロも、パソコンもなかった時代、思いの十分の一も伝えられなかった。現在ならパソコンでいくらでも思いが伝えられる。こんなふうに祖父に手紙を書いてやれたなら、どんなに祖父は喜んだことだろう。

その後、祖父は一カ月ほど静養して、帰った。だが、四十日もの入院と、一カ月ほどの静養で、すっかり足腰が弱り、寝たり起きたりの生活になってしまった。それでも時々は叔父に連れて来てもらって、二〜三日泊まることもあった。

そんな或る日のこと、ちょっとあいた段差が上がれず、しりもちをついてしまい、同時に胸を打ち、肋骨に少しひびが入った。昔のことなので「家で寝とったら治る」と言い、入院しなかった。

それから半年もすると寝たきりになり、何も食べられなくなった。と言うより、祖父は、

「これ以上生きとると、みんなに世話をかけるだけやで……」

と言って、自分の意志で食べ物を口にしなくなったのだ。

そんな祖父に、みんなは何とか食べさせようとして、好きなお酒をすすめたり、見舞い客が食べ物を持って来て下さったが、祖父は、「食うたら生き返るで、食わん」と言い続けて一カ月後、八十四歳の生涯を閉じた。

最後の最後まで意識はしっかりしていて、今で言うと「尊厳死」だったのだ。

そんな祖父に母は優しくなかった気がする。

それは、きっと若い時に祖母に甘えて悪いことをしていたのだろう。でも晩年の祖父

は、

「おばあはワシには過ぎた嫁さんじゃった」

と口癖のように言っていたと母から聞いた。

苦労の多かった祖父の人生も晩年になって「おばあはワシには過ぎた嫁さんじゃった」と言える祖母と結婚できたのは幸せだったのではないだろうか。

祖父が亡くなって三十三年目の命日を迎え、祖父のことを思う私である。

祖母の物語

祖母の死

母方の祖父が一九七二年（昭和四十七年）の八月二十日に八十四歳で亡くなった。その二カ月と九日目の十月二十九日に祖母も亡くなる。

祖母は誕生日が十一月三日で、八十一歳を迎えるはずだったが、その日を待たずに、亡くなった。みんな口をそろえて、

「おじいちゃんも、こんな早《はよ》う迎えに来んでもええのになあ……」

と言って、祖母の死を悲しんだ。

祖母は明治生まれ。「何が何でも自分が夫の世話をし、最期を看取るのが妻の務め」と思っていたので、血圧が高くてフラフラしながら、自宅で最期を迎えた祖父の看病を続けたのだ。

そんなことで老いた体は疲れ、そのうえに「ヤレヤレ」と思ったのか、思いのほか早く祖父の元へ逝ってしまった。

あと五日で八十一歳だったのに、八十一年には五日足りない生涯を閉じたのだ。

その一生は「波瀾万丈」と言えよう。

幼少時代

祖母は明治時代に、旧和知町の角で生まれ、当時の祖母の実家は、とても裕福なお家だったらしい。祖母のおじいさんは、江戸時代にお殿様につかえた人で、明治時代には大きなお屋敷で、使用人が何人もいて、祖母も幼い時はお嬢様として育ったと母から聞いた。その話の中で私の心に深く残っていることがある。

それは封建社会で、人が人を平気で差別した時代。食事風景一つとっても、「家の者は座敷で食べ、使用人は土間で」という、私にはテレビの時代劇で見るシーンである。そして使用人には、まるで犬や猫に餌をやるように、古いお椀で、使用人の食器へ食べ物をぶちまけるようにして入れていたそうだ。

幼い頃そんな家で育った祖母は「これだけ人が人を差別していたら、いつかきっと自分に返って来る」と思ったそうである。

それが当たり前の時代に、そんなことを思った祖母の感性は素晴らしいと思った。

そんな祖母の予感は的中してしまったのである。祖母の家は裕福だったので、保証人を頼まれることも多くあり、断わりきれなかったようだ。

そうこうしているうちに、保証人を頼んできた人が夜逃げをしたり、裏切られたりして、祖母の家は傾き始めた。それで祖母は小学校だけは出してもらえたが、その後は祖母のお母さんが、

「もう学校へは行かせてやれない。じゃがお前だけは学校へ行かせてやりたい」

と言ってくれて、母方のお伯母さんの家に預けられたそうだ。

青春時代

お伯母さんの家と言っても昔のこと、いろいろ気苦労も多くて、祖母は家の手伝いや子

守りなどをしたそうだ。

お嬢様として育てられた祖母には辛かったと思うが、そうして師範高等学校まで行けて、袴姿で通学させてもらったという。

お伯母さんの家も、祖母の家と同様に封建的な家庭で、お伯母さんは義理のお伯父さんには絶対服従で何を言われても三つ指をついて「はい、はい」と言っていたそうだ。

そんなお伯母さんの姿を見たり、それまでお金の苦労などしたことのなかった祖母であったが、「女であっても一人で生きて行けるようになりたい」と、思ったと言う。

そこで自分が持っている知識や学力などをすべて費やし、習字や算数を人に教えられる資格や、助産婦の資格を得たり、仕立物をしたり、出来ないことはない娘になったらしい。

卒業後、そんな祖母を待っていたのは、親の勧める結婚。それは正に家のためであった。だが、夫は早くに結核で亡くなったそうだ。子どももなく、祖母は実家へと帰る。

その頃、明治時代も末期、大正時代になると祖母の家も滅び人手に渡りそうになっていたのだ。祖母は家のため、生きるためにお金を稼いだが、それも焼け石に水。それでも懸命に働いた。

二度目の結婚

そうこうしていると祖母にも再婚の話があり、祖父の元へ嫁いで来たのだ。でも、それは『まんが日本昔話』に出て来るような、かやぶき屋根の家が一軒あるだけの、とても貧しい家であった。

だが祖母は働くことを惜しまず、祖父と二人で働き続けて、田畑を増やしていった。やがて長男が生まれ、長女が生まれ、次女が生まれ、次男が生まれ、四人の子どもにめぐまれた。その長女が私の母である。

母はよく子どもの頃の話をするが、決して辛い苦労話ではない気がする。親に叱られたり、家の手伝いをしたり、妹や弟の面倒をみるのは当たり前だった時代。お金がなくて貧しい暮らしであったが、両親と四人の兄弟姉妹の中で暮らした子ども時代は、母にとって最も幸せな時であったのではないかと思う。

母はよく言う。

「おばあちゃんは、すごく働き者で、朝、私たちが起きる頃には田畑に出て家にはおらんのや。昼は昼で、また田畑の仕事をして、夜はよその人に頼まれた仕立物をするために遅くまで夜なべをして、そのうえ助産婦の資格を持っとったで、お産があると夜でも夜中でも早朝でもいつでも飛んで行くんや。それに読み書きや計算も出来たんで、婦人会や村の仕事を頼まれて、そらーもー忙しい母親やったわ。子ども心に『いつ寝るんやろう』と思うたもんやったわ」と。

そして母は長女なので、子どもの頃は家の手伝いをしたり、いつも下の子の面倒をみていた。そんな思い出話もよく聞く。

「お金がなかったんで、おやつは豆の煎ったんやら、芋やらばっかりを平等に分けてもらうんやけど、大きい子は食べるのが早《はよ》うて、下の子に『それ姉ちゃんにくれな遊んじゃらへん』と言うて、おやつを取り上げたもんやわ。両親は働くばっかりやったし……」

それだけ働いてもお金にはならず、祖父は現在で言う酒造会社へお酒の仕込みの間だけ出稼ぎに行っていたという。

やがて子どもたちも大きくなり、長男の伯父は大工さんに。母は十四歳で京都市内のミシン問屋さんへ奉公に行った。その後、二〜三年して、ミシン問屋さんに勧められ、ミシン工場へ行った。そして次女の叔母が母もいるので京都へ出た。

家には末っ子の叔父だけになり、少しは余裕も出来て、田畑も増えた。

その頃、母に結婚話があり、母は十九歳で樋口家に嫁いだ。次いで大工の伯父にもお嫁さんが来た。

でも日本は戦争へと突き進み、若い男性は戦地へ取られた。その頃は日本全国どこの家でもそうであったように、祖父母の家でも、樋口家でも例外ではなく、長男が取られた。二人とも結婚して間もなくのこと、どんなに悲しかったことか知れないが、「戦争へ行くことは名誉なこと」決して悲しんではならない時代であった。そんな中にもおめでたいことがあり、一九四一年に母には長男が生まれ、翌年の一九四二年には祖父母の家にも孫が生まれて、女の子であった。

長男の戦死

そして一九四五年八月十五日、戦争は終わった。

「戦争が終われば元気で帰って来るもの」と信じていたのに、帰って来たのは、二人とも「名誉の戦死をした」という知らせ。

終戦の混乱の中、途方にくれる二つの家族。

そこから、また祖母の新たな苦労が始まったのだ。

生きている者は生きなければならず、いつまでも悲しんでばかりはいられない。そして家のために、国のためにと結婚をさせられた時代。「夫が亡くなったから、さあ実家へ帰ります」とはいかなかったのだ。一～二年して祖父母の長男のお嫁さんは、次男である叔父と再婚して、母もまた家にいた弟と再婚したのだ。その弟が私の父である。祖父母の家にも二人目の孫が生まれ、男の子であった。

続く不幸

「もう不幸はないだろう」と誰もが思っていたのに、そのお嫁さんが、だんだん手足が不自由になって、死に至るという難病にかかり、発病して三年ほどで亡くなったそうだ。最後の一年あまりは寝たきりの状態で、祖母は二人の孫とお嫁さんの世話。外仕事に家事にと大忙しだったという。

そんな中、私が生まれた。

ところが母は私をお腹に宿して二カ月ぐらいから生まれるまで具合が悪く、昔のことなので自宅での出産。そして仮死状態で生まれた。そんな子が元気な子であるはずはなく、病床にあった母に代わって祖母は付ききりで「私の命にかえてでも、この子を助けてやって下さい」と祈りながら、夜も寝ないで世話をしてくれたそうだ。

そのお陰で、今こうして私は生きていられるのだ。

その頃、祖母の家も病気のお嫁さんと幼い二人の孫がいて、大変だったのに、一週間も十日も付き添ってくれたと聞いた。その間、祖母の家ではどうしていたのか、私には想像も出来ない。

その後、一年あまりで叔父のお嫁さんは二人の子どもを残し、亡くなった。

それから一年ほどして、次のお嫁さんを迎えて、女の子が生まれた。

孫はそれぞれの道へ

そんな複雑な家庭にいるよりは、家族も少なく、私の母もいる樋口家のほうがいいというう祖父母の願いから、両親を亡くした伯父の長女は高校へ入学したと同時に樋口家の一員となった。それが千代子姉ちゃんである。幼かった私は何も知らなかったが、私を可愛がってくれる千代子姉ちゃんが来てくれて、とても嬉しかったことは覚えている。

食費も学費も祖父母が持ってきていたそうだが、今になって思うと、千代子姉ちゃんにとって樋口家も決して居心地のいい家ではなかっただろう。

その二年後に兄は高卒で就職のため大阪へ出た。翌年には千代子姉ちゃんも就職して、亀岡へ行き、私も十一歳になる年に家を出て施設に入った。

その年に千代子姉ちゃんは正式に樋口家の養女となり、三月に二十歳でお嫁に行った。

そうなると樋口家は、父と母と二人だけになってしまった。そこへ叔父の長男が、

「おっちゃんとおばちゃん二人だけでは淋しいやろで、ぼくが来てあげるわ」

と言って、荷物を自転車で一つ二つと運んで来て、いつの間にか樋口家の一員になっていた。その年に高校へ入った彼は、「高校へ通うにも駅に近い樋口家のほうが便利だ」と思ったのかもしれない。それが嘉一兄ちゃんである。

嘉一兄ちゃんは幼い時から樋口家へ遊びに来ない日はなかったので、よく私も遊んでもらった。だから私は四人兄弟と言える。

その頃、祖母の家では、また困ったことが起きていた。叔父夫婦の仲がうまくいかなくなったのである。その前に叔父は大怪我をして、長く家にいなかったのだ。そんなこともあって、離婚となってしまった。小学生だった娘は叔父が引き取った。それが従妹のミーちゃんで、子どもの頃は歩けない私の遊び相手になってくれ、同じ年代を生きて、私にとっては四歳年下の妹のような存在だ。

晩年

その後、一~二年して叔父は三度目の結婚をした。年老いた両親があって、先妻の子がいて、三度目の結婚という叔父のところへ来てくれたお嫁さんなので、ずいぶん辛いこともあったと思う。それに色々と不幸があって、お父さんが亡くなり、お兄さんが亡くなり、一人お母さんが残され、体が弱いこともあって、祖父母の家に一緒に住むことになった。現在なら珍しくないことだが、その頃はお互い、みんな辛かっただろうと思う。

そして男の子が生まれ、祖父母にとっては曾孫より小さな孫であった。もう祖父は八十歳を過ぎて、寝たり起きたりの状態であったので、可愛い反面、同じ家にいても抱いてもやれず、辛かっただろうと思う。

夫を看取る

昔は自宅で人生の最期を迎えるのが当然で、祖父の死因は老衰であったが、自分で食べ物を口にしなくなってから長く生きていたので、私は、今で言う「尊厳死」であったと思う。

祖父が病床についてから二〜三年。祖母も高血圧でフラフラしながらも、最後の最後まで看病を続けた。でも最後のほうでは、祖父と布団を並べて、寝ながら世話をしたそうだ。

娘の家へ

そして祖父の死後も祖母は気丈に後始末をして、三十五日の法要を済ませると、疲れ果てて、ちょっと休養にと九月の下旬に母がいる樋口家に来たのである。その頃は私も家にいて、店もあるので、母は祖母が樋口家に来てくれたほうが楽だったのだ。

でも祖母の性格では、千代子姉ちゃんや嘉一兄ちゃんが樋口家で世話になったのに自分までがと思って、父にすごく遠慮があったのだろう。だが私に言わせると「そんな遠慮は、無用」と思っていた。

私が幼い時は、母が用事があって出かける度に祖母が来て、家のこと、私のこと、店番までしてくれたものだった。

そして祖父母が若くて元気だった頃は田畑の仕事も全部してくれた。母が田畑の仕事に行く時は私も背負って連れて行ってくれたので、そばで見ていた。

老いる

そんなことを思うと、祖母は遠慮などすることなく、ゆっくり休んで元気になってほしかった。でも祖母が樋口家に来ても二階の部屋しかなく、最初は夕食時には下りて来て、父母と私の四人で食べていたが、トイレへ行く時にちょっとした段差に躓いて尻餅をついてしまってから、下りて来られなくなった。

そのうえ秋の農作業の最中で、父母は忙しく、母は祖母に食事を持って上がってやるのが精一杯のような状態であった。

そして十月も十日になろうとしていた頃、母が私に、

「今日は稲こきをせんならんで、おばあちゃんを見とってくれへんか」

と言うのである。私は嬉しくて「何も出来んでも、おばあちゃんの話相手にはなれるな」と思い、喜んで行った。

祖母の部屋は二階なので、しばらくは顔も見ていなかった。

祖母は私を見るなり、

「あんた、みっちゃんんか？」

と、懐かしそうに聞くので、

「おばあちゃん、啓子やで」

私が言うと、

「啓子？」

不思議そうに言うのである。私は「おばあちゃんが私のことを忘れるはずないけど、しばらく見んかったから思い出せんのかなあ」と思った。

秋晴れの日で、二階の部屋は暑かったので、枕元にあったコーヒー牛乳のビンにストローを入れて、横になっている祖母に飲ませてやると、異常とも思えるほど一気に飲み、「ああ、おいしかった」と、本当においしそうに言った。それで私も安心して、祖母に背

を向けて窓から外を見ていると、何か音がしたのでふり返ると、祖母が起き出してタンスの前にいた。着替えでもするのかと思ってみていると、中から風呂敷を出し、着物などを包み始めた。私は慌てて近寄って、

「おばあちゃん、どうしたん？」

って聞くと、

「おじいちゃんが待っとってやでいなあー」

と真剣な顔で言うのだった。その頃、祖母はもう歩けず、這っていた。

もう言葉もなく、ただ祖母を見つめていただけの私であった。

やっと母が帰って来たので、一部始終を話して、いつも祖母が診てもらっていた診療所の先生に診に来てもらったほうがいいと言うと、母はすぐに電話をした。

「秋の夕暮れは釣る瓶落とし」と言うが、もう暗くなっていたのに、先生は駆けつけて下さった。そして母が、

「今日は啓子に見とってもろたんです」

と言うと、先生は驚かれて、

「こんな状態やのに、啓子ちゃんには無理ですよ」

と言われたそうだ。

お迎え

その夜も祖母は「おじいちゃんが迎えに来とってやで、いななあかん」とか、部屋の隅を見て「あそこに○○さんがおってや」と、ずいぶん昔に亡くなった人の名前を言ったりして眠らなかったそうだ。昼間、私のことを間違えて言った名前は、難病で亡くなったお嫁さんのことだそうだ。

そんな状態が一週間ほど続いた。祖母が歩けなくなってから、祖母が用事があった時に母を呼ぶために、二階から一階へ呼び鈴をつけた。それを夜も昼もなしに押すのである。母は「おばあちゃんらしくない」と思ってはいたが、もう疲れ果てて、倒れる寸前になっていたのだ。

そんな日の夜のこと、父と私に夕食を食べさせておいて、祖母に食事を持って行くと、「お茶がほしい」と言うので、飲ませたら、むせてしまって飲めなくて、母は「また後で飲ませてやろう」と思って、下りて来たそうだ。次に上がると、もう祖母は鼾をたてて眠っていたので、おしめを替えようとして足を持ってお尻を上げると、祖母は信じられないような大声で「痛ーい！」と叫んだそうだ。

祖母は六十年あまりも百姓をしてきたので、腰が九〇度に曲がっていて、いつも寝る時は横向きだったのに、祖母が「痛ーい！」と叫んだと同時に、その曲がっていた腰がのびて、上をむいて寝られるようになったと、母が言っていた。

でも、それきり祖母は目を覚ますことはなく、十日後に、樋口家の二階で息を引き取った。

祖母はお金持ちのお家に生まれたのに、お嬢様として育った時期は短く、二回の結婚をして、苦労の連続であった。でも、どんな時も気丈でしっかり者だったのに、最期は、そんな祖母の姿ではなかった。

私は祖母の最期を見て、「人は誰でも最期は、こうなるものなのか」と思った。

そして「死が近くなると、先に死んだ人が迎えに来る」と言われているが、それも本当のことだと思った。ただ、それを感じる人と、感じない人がいるのだ。

天国の祖母へ

祖母が晩年、

「わしも時間と金があったなら、自分の一生を本に書き残したかったなあ」

と、母に言い続けていたそうだ。

私がこうして文章を書けるようになったのは祖母が亡くなって何年も後のこと。でも私が書くということに、こんなにも執念を燃やせるのは、祖母の血を受け継いでいるからかも知れない。

きっと祖母も私と同じで、「生きた証を残したい」と思ったのだろう。

祖母が亡くなって、三十三年が経った今年（二〇〇五年）、私はどうしても祖母の願いを叶えたいと思って、パソコンに向かった。

だが、祖母の一生を文章にするには、知らないことばかりだ。

でも、この世に「越浦ふさ」という祖母がいたから母がいて、私がいる。

十月二十七日、祖母の命日に、我が家の庭に咲いた菊を持って、夫と母と三人でお墓参りに行った。その日は雨が降っていて、母は、

「やめようか」

と言ったが、私はどうしても行きたいと思ったので、行った。

家で車に乗る時はシトシトと降っていた雨が、お墓に着くと止んだのである。「偶然」と言えば、それまでだが、あれは何とも不思議だった。

墓前で、

「私は、おばあちゃんが生前に言い続けていた願いを叶えたいと思うんや。けどー、おばあちゃんの一生なんて、とても私には書けへんけどな、私なりに書いてみるで、待っとってな」

と、祖母に約束した。

それから何日もかかって、「祖母」という作文を書いてみた。

その文章を読み返しながら「おばあちゃんへの約束が果たせたかなあ」と考えている私であるが……。

両親の結婚

両親の結婚は戦後のこと、周りにすすめられて仕方なくの結婚。そんなことで父は家庭も顧みず、私の世話も一切しなかった。それでも母は子どもたちに「お父さんをたてるように」と厳しく言っていた。

でも私は大人になって物事が判断できるようになると、好きなことばかりしている父を、「甘えている。仕方なく結婚したとしても、それも結局は自分が選んだ人生なんだ」

2009 年 3 月に親子で

と、思うようになった。それから私は父に反発するようになった。

でも父も老いるに従い、少し変わってきたように思う。私も結婚して父母の元を離れてみると、父への思いが少し変わってきた。

だが、父の独り言と言い、独り善がりで他の人の気持ちを考えられない性格は変わっていない。

夫は「お父さんは実に面白い。本当は愛すべき人なのかも……」と言ってくれたが、父をあのような人間にしたのは、私たち身内の責任かも知れないと、私は思った。

米寿を迎えた母へ

お母ちゃん、米寿、おめでとうございます。

この手紙でお母ちゃんへの手紙は何通目になるでしょうか。誕生日、母の日など事あるごとに感謝の気持ちを手紙に託しました。私には、それしか出来ることがなかったから。

正直なところ、お母ちゃんがこんなにも長生きしてくれるとは思っていませんでした。

これは、身体の不自由な私がいたからかなあと、うぬぼれている私です。反対に私がいなかったら楽で幸せな人生だったかも知れませんね。

お母ちゃんは私がお腹にいる時、病気になり、七カ月でお母ちゃんの体が危なくなって、早産で私は産まれたそうですね。苦しかったことでしょう。

それが原因かどうかは分かりませんが、その後、身体に重い障害を負った私を連れて、あらゆる病院へ行ってくれたそうですね。でも、どこの病院でも、「こんな子どもさんは五歳くらいまでしか生きられません」と告知され、その帰りに何度も汽車から飛び降りて母子心中をしようと思ったけど、出来なかったと、私が十代の後半になってから話してくれましたね。

その頃の私は歩けず、言葉も言えず、手も思うように使えない体で、いったい何が出来るのかと悩み続けていました。

その末に気が付いたんです。お母ちゃんに、この子を産んでよかったと思ってもらえる生き方をしなければいけないって。

この子を産まなければよかったと思うのと、この子を産んでよかったと思うのとでは、大きく違います。

それから書くことを学びました。

かなタイプから始まって、和文タイプ。そしてワープロとなり、本を自費出版することが出来たんです。その本をたくさんの方々が読んで下さいました。お母ちゃんも多くの人から「あ、啓子さんのお母さんや」と言ってもらえるようになりましたね。それから総理大臣賞をもらいに東京へ行き、二人で晴れ舞台に立ったり、一杯いっぱい嬉しいことがありました。

それに、結婚まで出来たんです。

その時も、「啓子はだまされとるんや」と家族みんなから反対されましたが、お母ちゃんだけが、「あんたの人生やさかい、思うようにしたらええ」と、応援してくれましたね。健康な夫は私の手足となって、お母ちゃんへのプレゼントを買いに連れて行ってくれたり、旅行にだって一緒に何度も行きましたね。

それから夫が協力してくれ、次の本も出せました。その本も、本当にたくさんの方々に読んでいただいて、この体で、こんな幸せな人生はない。それも、こんな体であったからこそと、私は思っています。

お母ちゃん、私を産んで、育ててくれて、ありがとう。五歳くらいまでしか生きられないと言われたのに、五十数年も生きられた私です。これからも、お母ちゃんからもらった命を大切に、頑張って生きて行きます。

一緒に元気で楽しく、長生きしましょうね。

卒寿を迎えた母

うだるような暑い日、母は肩で息をしながら、今日も私の家に来てくれた。

両手足と言葉が不自由で、車いすでしか生活出来ない私は、何をするにも時間がかかる。そんな姿を見かねて九十歳になった母が「まだ今でも少々あんたより何でも早く出来るしな。パソコンは出来んけどな……」と笑いながら言って、手伝いに来てくれる。

実家と私の家は、元気な人であれば目と鼻の先程の距離だが、急な短い坂道を登って来なければならない。九十歳の母には大変なことだろう。父が「車で送って行ってやる」と言うのに「運動のために歩いて行く」と言う母。まだ杖も不要で、意外と早く歩く。

きっと母は、私の分まで歩かねばと必死なのだと思う。

大正、昭和、平成の三代を生きてきた母。お金の無い苦しさ、辛さ。戦争の悲惨さ、悲しさ。その上、体に重度障害のある娘を持つ言いようのない重さ。それらの苦労を全部くぐり抜けて九十年も生きてきた。

そんな母に私が出来ることは何か。それはただ一つ。その言いようの無い重さを少しでも軽くしてあげること。それしかないのだ。

それは体に重い障害があることを悲しまないこと、恨まないこと、愚痴を言わないことなど、マイナス思考にならないことであると私は思う。それに気が付いたのは二十代後半になってからだったような気がする。

私にも辛いことは一杯あったし、今もある。それは、生きていく限りは多くあるだろう。

幼い時は学校へ行けなかったので、生まれて初めて親元を離れて施設に入ったこと。そして楽しい青春時代でもなく、失恋ばかりで、それらの一つ一つを一緒に悲しんだり、悩んだり、泣いてくれた母。

幸い、母も私も暗い性格ではない。それで救われた。いつの間にか悲しいことも辛いことも笑い話にして、漫才のようになり、笑い合う。

母は私の一番の理解者なのだが、一つだけ欠点がある。昔人間なので、何でも遠慮して、私が何かしようとすると、何事でも、

「それは無理や。したらあかん」

「そんなことは言うたらあかん」

「それは、あつかましいわ」

それればかり言われて、先に進めないのである。そこで私はいつも自分の主張を通す。それに負けて、母は何でも応援してくれる。

私にも何度か転機があった。最初の転機は幼い時に施設に入ったことだ。これは私の意志ではないが、児童相談所の人と両親が決めて「そこへ入れば歩けるようにもなるし、学校も行ける」と言われ納得した。でも数カ月は母も泣き、私も泣いた。

月に二回、面会日があった。待ちに待った初めての面会日。私は車いすから転げ落ちるように母に抱きつき、泣きじゃくった。母も泣いた。あの時のことは脳裏に焼き付いて、今も昨日のことのように思い出す。

手も足も不自由で、おまけに言葉も話せない、幼い子どもを生まれて初めて手放すのは、私以上に母には本当に辛かっただろう。十日も二十日も三度の食事が喉を通らなかったそうだ。

その施設で私は中学校を卒業して、六年振りに実家へ戻った。親元で暮らす日々は心地よく時間が流れた。でも、夢も希望もなく、自分に何が出来るのかも分からず「これでは何の為に生きているのか分からない」と思うようになり、何年も遅れて養護学校の高等部へ入学。その時も母は反対した。それからリハビリセンターや授産施設にも入り、再び実家へ戻った。その時、私はたった一つ、自分に出来ることを見つけていた。それは思いを

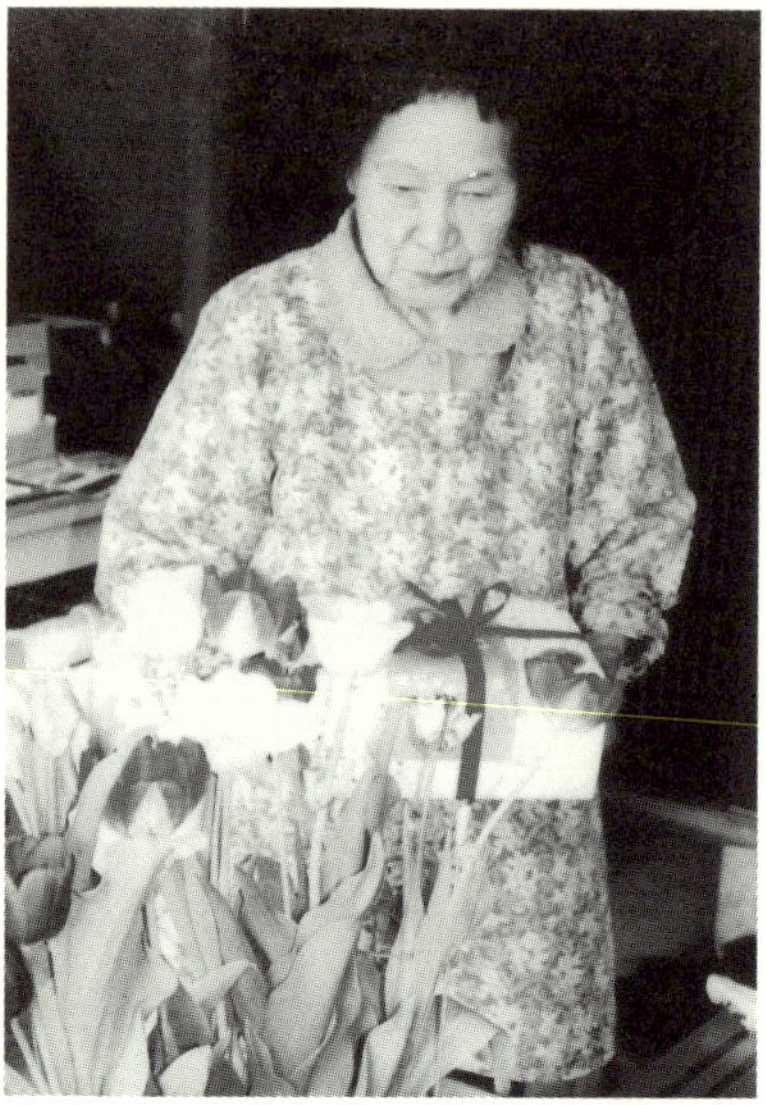

心をこめて母の日にプレゼント

文章に書き表すこと。それによって「本を出したい」という大きな夢を持っていた。

時は流れ、本も出すことが出来、結婚も出来、親から独立することも出来た。

結婚する時は相手が健常者だったので、父や兄は「誰が好き好んでお前みたいな者と結婚するんや。お前は騙されて泣くだけや」と、口をそろえて猛烈に反対した。だが私の性格を知っている母は違った。

「あんたの人生や。自分のしたいようにしたら良い」

と賛成して応援もしてくれた。

だんだんと老いていく母を見ていて「親から独立したい」と思うようになっていた時のこと、私の夢が叶ったのだ。二人で暮らし始めてもう十年以上になる。

そんな日々の中で、私の楽しみのひとつは、母の日であり、母の誕生日だ。一人では何も出来なかったが、我が家に母を迎えての誕生日会。母の好きなケーキやお花のプレゼント。母も喜んでくれて、その喜ぶ顔を見るのが私は何よりも嬉しい。

でも母は心配なのだ。

「あんたを残して先には死ねん」

と言う。その言葉を聞いて、

「私がお母ちゃんの元気の元。もっと、もっと長生きしてな」

と笑って言う。

五歳までは生きられないと言われた私がこんなに長生き出来て、母の卒壽を祝うことが出来たのは、すべて周りの人々のお陰である。

母には心配の種である娘だけれども、私は体に障害を持って生まれて来て良かった。もし健康な体に生まれていたら、こんなに充実した人生が歩めただろうか。そう思うと疑問である。

あらためて、卒壽を迎えた母に私の想いを贈りたい。

「お母ちゃん、心配ばかりかける娘だけど、元気で長生きしてな。私は障害を持って生まれたことを、不幸とか悲しいなどとは思ってないからね。お母ちゃんの娘に生まれてよかったよ。ありがとう。頑張って生きるからね」


平成二十二年度京都府主催「心の輪を広げる体験作文コンクール」優秀賞受賞

私の家

初めての町営住宅

私は現在、町営住宅に住んでいる。

五年前のこと、二十年あまりという永い年月をかけて訴え続けた願いが聞き届けられ、やっと障害者住宅が和知町に建った。だが、その住宅は「障害者にやさしい住宅」ということで、二階建てなのである。車椅子の者にとって階段がある家というのは、この上もなく不便だが、私も実家にいた時は自室が二階にあり、トイレもあったので、何とかなった。でも町営住宅の二階にはトイレがない。それに前はどうにか上がり降りしていた階段も、今は体のあちこちが痛くて上がれないので、もう二階は全く使えなくなってしまった。

五年前、町の説明によれば、「現状では、これが限度だ」とのことで、昇降機などの取り付けも不可能ということだった。それでも風呂やトイレは使いやすいので、喜んで入居させていただいた。

ところが昨年、目の前に平屋の町営住宅が五棟建った。聞くところによると、古い住宅の建て替えで、入居者は決まっているとのこと。

二階建ての住宅では私の生活スペースは、一階のワンフロアーだけである。食事をするのも、寝るのも、文章を書くのも一間だけ。「あの平屋なら全ての部屋が使えるのになぁ……」と、その平屋住宅を眺めながら溜め息をつく毎日だった。

そんなある日、同じ町営住宅に住む友人がこんな話を持って来てくれた。

「啓子さんとこ、平屋に移らへんのか？　町から言うて来たやろ。私の家には来たで」

と。

私の家の玄関で。掛けている絵は『真心つむいで』のカバー絵として、平津八重子さんが描いてくださった原画

私は初耳だったので、びっくり！　そして「出来るなら私も移りたい」と思い、夫に言うと、夫は機会をみて、町役場へ意見書を出してくれた。

町役場の対応も早かった。何日もおかずに訪問して下さり、要望を聞き、希望に添いたいと言って下さった。その話ぶりから、「たぶん平屋の住宅に移れることになるだろう」と私は確信した。

母の思い

私と夫が、役場に住宅のことをお願いしたと、母に言って間もなくのこと「うちに来た」と、母が言うのである。

「何の役にも立たへん障害者のくせに、町の世話ばっかりになってとか、何であの人ばっかり世話せんならんのやというようなことを言うとる人があるらしいで」

と。そして、

「そやでな、お前も今の生活に感謝して、いろいろ町に言うな。贅沢や」

と母は続ける。そんな話を母から聞くのは、何よりも辛い。

でも世間の人から見れば、そうかも知れない。私は一人では生きていけない。そんな私が自分の家を持つなんて贅沢なのかも知れない。けれども私も頑張って生きてきた。そして今こうして生きていられることに感謝し、多くの人々の真心に感謝している。

住宅のことを夫は、

「それは何も贅沢やないよ。啓ちゃんは頑張って生きてきた。これからも頑張って生きて行こうとしているんやから、当然の権利だと思うよ」

と、言ってくれる。

だが、母は、

「おまえを残しては死ねへんわ。ワシより先に死んでくれたら、後始末しといてから死ねるのに……」

と、しきりに言うようになった。それは母の本心だろう。でも子どもに先に死んでほしいと思う親はいないだろう。

そう思うと、母の顔を見るのも辛くなる。

もう今は体に障害があることを悲しいとは思わないし、母には本当に感謝している。その母に、私が出来る恩返しは、「私が、私らしく、精いっぱい生きることだ」と思うが、母にそんな思いをさせていることが、辛く、悲しい。

そして引っ越し

役場の方が来て下さって一カ月ほどしてから「平屋に移っていただくことになりましたので」との連絡をいただいた。

「入居者がおられない」とのことだったので、移れるのではないかと思って、出来る範囲で準備はしていたものの、移れると決まってからは大変であった。庭の花も移さなければならない。

そして引っ越しの日は半月先の七月二日と決めた。早くしなければ二軒分の家賃を払わなければならない。それに掃除をして、畳を入れ替えて壁紙を張り替えて、元に戻して返さなければならないのだ。幸い夫は病院で夜警の仕事をしているので、自由な時間が多くあって助かった。

数百メートルも離れていない所に引っ越すのだから、小さい荷物は夫がダンボール箱に詰めては台車で運び、大きいものは引っ越しの当日「ホリプロ」さんにお願いした。その日は早朝から父も来てくれたので、午前中だけで済んだ。でも家の中も外も荷物の山で、足の踏み場もない。

それに「平屋の住宅」と言っても完全な車イス住宅ではないので不便な部分がいっぱい。玄関にも段差があり、私は出入りが出来ない。これではお客さんがあっても応対にも出られないので、夫が板をはってくれて、鍵の開け閉めには行けるようにはなった。けれども、一人では出入りが出来ない。そこで「何かあった時のために」と、勝手口の所に非常用のスロープを付けてもらった。これも役場に許可を得て夫が作ってくれたのだ。

そんなこんなで、前の家の現状復帰と、新しい家で私が生活出来るようにするために要した時間は二カ月ほどであった。

過酷な二カ月ほどが経ち、ようやく荷物も片付いて落ち着いた。その間、夫は本当に大変で、体重が四キロも減ったと言う。私も自分の荷物を片付けるだけで疲れてしまった。引っ越しというのは本当に大変なことだ。

でも前はワンルームマンションで生活しているのと同じで、ずいぶん窮屈だったが、平屋の家で落ち着くと、２ＤＫなのにすごく広く感じて、気持ちまでゆったりしてくる。すべての部屋が使えるので、私には住み心地が良くて、大満足だ。

大喜びしている私を見て、母もいろいろ思いはあるけれど、今では「これからのために、これでよかったのだ」と喜んでくれている。

真心の家

九月はじめ我が家の玄関先を飾るのは、夫が丹精込めて育てた「ゼラニューム、コスモス、アメリカンブルー」などの花たちだ。

そんな花々に迎えられ、来て下さったお客さん。玄関に入って、まず驚かれるのが真正面に置いてある化粧ダンスの上に飾ってある無数の人形さんだ。小さいものになれば、目に見えないほどの大きさのもの。それを見たお客さんは、

「すごーい！　いっぱいおるなあ。こら、眼鏡がないと見えんわ」と。

次に目を引くのが壁にかけてある数々の写真や絵。

そして奥へ入る廊下には本箱が並ぶ。その突き当りには『真心つむいで』の表紙を飾った絵と、押し花や猫の額などが数枚。その左がパソコン部屋で、私のプライベートルームでもある。

この部屋も人形がいっぱいで、

「まるで女学生の部屋やなあ」

と夫が言う。

その向かいがダイニングキッチン。そこには夫の手作りの食器棚や、テーブル、テレビなどがあり、生活の大半の場だ。そしてお孫ちゃんコーナーを設置。九州から送って来たお孫ちゃんたちの写真やビデオテープなどが飾ってある。

その奥に六畳の和室がある。いつも寝るのはそこだが、何と三五センチもの段差があるため車イスでは上がれない。そこで寝る時は車イスから移って横になれば寝られるように敷居ぎりぎりに布団を敷いてもらう。

そこに夫が手すりを付けてくれて、楽に寝られるようになった。でも車イスで上がりたい用もあるので、ダイニングキッチンの窓の外から和室にかけてスロープを付けてもらっ

夫の手づくりのテラスで

た。これも役場に許可を得て、夫が作ってくれた。

裏庭へ出ると、今は朝顔にコスモスなど咲き乱れ、これからは四季折々にいろいろな花が見られるだろう。

我が家に来て下さったお客さんは、お人形さんの多さ、本の多さ、花の多さ、そして夫が工夫して作った棚や家具やスロープなどなどに驚かれる。

引っ越し荷物も片付いて、広くなった我が家を見渡すと、数え切れない人形さんたちも、置物も、壁にかけてある額も、殆どが幼いころからのいただきものである。一つ一つに思い出があり、見ていると、その方々のお顔が浮かぶ。

この家には本当に多くの人の真心が詰まっている。夫の真心、両親の思い、和知町と、役場の方々の協力などなど……。

その真心に支えられて私は生きてこられたのだし、これからも生きていくのだから、頑張って生きなければと思う。

真心（その2）

私には真心を下さる方々が沢山あり、人々の真心に支えられて生きています。その真心のすべてを書きたいのですが、一生掛かっても書けませんので、最近嬉しかった真心を二つ、三つ書きます。

まず最初は、母が小学校の時にお裁縫を習った先生から、数年前に薄いピンク色をした、絞りの布で手縫いの小さな袋を頂いたのでした。

それは、お金では買うことの出来ない真心のこもったお品で、見ていると作ってくださった先生のおやさしいお心が伝わってくるようで、私の心まで優しくなるような袋だったので、頂いてから貴重品などを入れてお守り代わりに持っていました。

そのことをお手紙に書き、今年（一九九〇年）の二月頃にお出ししたところ、大変に喜んでいただき、今度は手編みのマフラーや、レース糸で縁取りをしたガーゼのハンカチなど、手作りのお品ばかりを届けてくださり、つい先日も、ある席で母が先生にお出会いすると、私にと真っ赤なレース糸で編んだ、花瓶敷きにもなって胸ポケットに入れる飾りのハンカチにも使える素敵なお品を頂いたのでした。

その先生は同じ町内に住んでおられる猪奥としえ先生で八十歳を過ぎていらっしゃるのにお元気で、母に会う度に私のことを尋ねてくださり、お手紙も良く頂いて、何時《いつ》かのお手紙には、

「貴女に一度お会いしたいけれど、老いの身なので貴女のお家まで行けません」

と、書かれてあり、私も歩けない身体なので幼い時にお出会いしただけで、大人になってからはお顔を拝見できる機会もないのです。

また、猪奥先生と同様に私のことをお心にかけて下さる先生があり、若い時から料理の先生で、町民の健康のためにお力を注いでこられた森二三先生です。

森先生も母に会うと私のことを聞いて下さって、お手紙や贈り物を良く頂き、お手紙は便箋に十枚ぐらい書いてあり、私には立派過ぎるお手紙でお返事がなかなか書けずにいます。

森先生もお年は八十歳を過ぎておられますが、お元気で溌剌《はつらつ》としていらっしゃると母がいつも話してくれます。

何時かいただいたお手紙に、今は九十歳近くになられたご主人が少しお身体がご不自由になられたため、

「貴女に一度おめもじしたいけれど、主人の世話とリハビリに追われる毎日で行けませ
ん」

と書かれてありました。

猪奥先生も森先生もご高齢ながら頑張って、ご主人とお二人で暮らしておられて、私のことまでお心に掛けてくださり、感謝の気持ちで一杯です。

他にもボランティアなどをして下さる方々があり、私の家の近所にも小原ヒデさんという親切なおばちゃんがいてくださり、

「何か手伝えることがあったら気軽に言うてや」

と言って、身障者の会合などがある時には何時も一緒に行って下さいます。

小原さんは、母とは一つ若いだけなのに、ボランティア活動に積極的に取り組んでおられ、目の不自由な人のために朗読ボランティアやいろいろなボランティアをして下さっています。その上に今年の春からは「最後の挑戦だ」と言って、老人ホームへパートに行かれるようになり、今年の夏は記録的な暑さが続いて、私などは少し動いただけでも汗を流してフーフーと言っていたのに、そんな暑い時でも小原さんは一日おきのパートに、朝早く颯爽と出かけて行かれるのです。そして、そんな忙しい時間の合間に、内職にボランティアにと頑張っておられるファイトには頭が下がります。

それから、もう十年ほど前から運転ボランティアを時々お願いする、京都府綾部市にある中丹養護学校の先生をしておられる谷口智さんや、現在お世話になっている民生児童委員をなさっている木下ちづ子さん、などなど、多くの方々から真心を頂き、そして私が住む和知は福祉に力をいれて下さっている町で、和知町教育委員会では生涯学習の一環として、昨年（一九八九年）から障害者成人講座を開いて下さり、障害者とボランティアの方々とが一緒に学習出来、自分の足で一歩も歩けない、障害の重い私でも町営バスで町内見学などに参加することが出来ます。その陰には多くの方々の協力があるのです。

そんな人々の真心に触れる度に「頑張って生きなければ」と思う私です。

（『四角い空』より　ひまわり社）

医学の進歩

ワープロを打ちながら何気なく聞いていたラジオの声に、手が震えた。

生まれて来る子どもに障害があるかどうか、お母さんのおなかの中で判ると言う。それはかなりの確率だそうだ。そのうえに、そのことを両親に告知すると言っている。

こんな話を聞くのは初めてではない。

しかし、聞く度に頭の中が真っ白になって、手が震えてとまらなくなる。

現在は医学が進み、治せる障害も増えた。けれども、生まれて来る子どもに障害があると告知されたら、両親はどう思うだろう。

そして、そのドクターが産むことを勧めなかったら……。

私は一つのことを思い出した。養護学校へ行っていた時のことである。寄宿舎で働く一人の寮母さんが妊娠された。結婚してから長く長く赤ちゃんに恵まれずに、待ちに待った嬉しいことなのに、その寮母さんは、泣いて泣いて仕事も手につかない状態であった。

てっきり私は赤ちゃんがダメになったのかと思った。

「T先生、赤ちゃんがダメになったの?」

と、私は同僚の寮母さんに聞いた。すると、

「ダメになったんじゃないよ。けどね、双子ちゃんだと分かったんよ」

気の毒そうな表情で、返事が返って来た。

少し高齢出産のうえ双子。知識のある寮母さんには耐え難いことだったのだろうか。

もう何年も前のことなので私の記憶も確かではなく、他に原因があったのかもしれないが、毎日、身体に障害があっても懸命に生きている子どもたちをみ、その子らを育てる立

場の寮母さんでも、自分のおなかに出来た赤ちゃんが双子であると知らされて、あんなにも取り乱す姿を見て、私は何だか私たちの存在が否定されたようで、悲しかった。その時の気持ちは今も忘れられない。

結局、寮母さんは元気な双子ちゃんを産み、もう今は二十歳を過ぎているだろう。あの時、もしも寮母さんがショックのあまり判断をあやまっていたら、双子ちゃんは存在しないのだ。

ふと我に返ると、ラジオからは音楽が流れていた。

何年か前にも、同じようなことをテレビのニュースで聞いたことがある。

その時に書いた詩があるはずと思い、ワープロのフロッピーを入れ替え、探した。あった。四年前の秋に作った詩だ。それは、「殺さないで」という題で始まっていた。

医学が進み　病気が治る
おなかにいる子どもの病気も判る
いいことなのだろうか
おなかの中で障害があることが判る
おなかの中で殺されてしまう

判ったら私も殺されていただろう
私には重い障害があるけれど
生まれてきて良かった
いっぱいいっぱい
大変なこともあるけど
殺されるより　生まれてきて良かった
だから殺さないで
どんなに重い障害があっても
それでも人生だから
可哀想と殺さないで
幸せになれるから
殺さないで

あの時も怒りに震えた。
そしてこの詩を書いた。
テレビや新聞が報じるニュースは、殺したとか殺されたとか悲しいことばかり。

人の命の重み。私の命の重み。つくづく人生を考える。

（『真心つむいで』より　京都新聞社）

啓子の詩

山

私は山を眺めるのが好きだ
雨上がりの山は生き生きとしてとても美しい
寂しい時、悲しい時、辛い時、いつも山を見る
でも私は「山を眺めるのが好きだ」と言っても
「山が好きだ」とは言えない
まだ一度も登った事がないから
ただ遠くから眺めているだけ
一度、この目で見てみたい

本当の山の姿を

私のふるさと

私のふるさとは和知
山があって川があり、自然が一杯
きれいな空気、澄み切った空、和知はいい所
でも私はこの自然の中を駆け回った事も
友と夕方まで遊んだ事も
幼い時の思い出は何もない
けれども幼い頃から見慣れた山々
家の裏には生まれた時からある柿の木
そして私を愛してくれる父と母がいる
そんなふるさと和知が私は大好きだ

（二篇とも『四角い空』より　ひまわり社）

幼いころの夢

小高い山の上の　牧場
牛や馬の　世話し
自然の中で　一緒に走り回り
動物たちと暮らしたい
小高い山の上の牧場で働きたい
動物好きの私は
幼いころそんな夢を見た

（啓子さんの残したアルバムに書かれていた詩です）

私の家の家具

大型冷蔵庫

我が家に大型冷蔵庫が来た。

上の段が冷蔵で扉式。次が野菜室で、その次に冷凍室が二段ある。それらは全て引き出し式という、いま流行《はや》りの冷蔵庫だ。

これは我が家で買ったのではなく、兄から「不用になったから」と実家へ送って来たのである。処分に困った父母が、

「まだ新しいし、おまえとこで使えへんか」

と我が家へ言って来たのだ。

その時、我が家では扉式の小型冷蔵庫を二台使っていて、節電のため、「もう少し大きい冷蔵庫を買って一台にしようか」と言っていたところだった。それで何度か電気店へ見に行ったこともあった。ところが私の使いやすいものは少なく、買えないままいた。

そんな時のことであったので、夫は実家に見に行って、もらって来た。

色がアイボリーホワイトで、高さが一メートル六〇センチほどもあって、「二〇〇一年型」と、まだ新しく立派な冷蔵庫である。父は喜んで耕運機で運んでくれて、我が家の台所に収まった。すると急に台所が豪華に見えて、夫は喜んだ。ところが私が使ってみると、実に使い辛い。私が車イスに座った身長は一メートル一五センチほど。一番上の冷蔵室まで手が届かず、二段目の野菜室は頭の高さなので、中をのぞくことも出来ない。結局、私が使えるのは冷凍室だけ。いくら立派な冷蔵庫でも、これでは私が一人の時にはどうすることも出来ない。

最近は電気店へ行っても、このタイプの冷蔵庫がほとんどだ。そこで私は疑問を感じて、

「こんな冷蔵庫では、車イスの人はもちろん、小さい子どもだって自分でジュースも飲めんし、困る人も多いやろに、なんでこんなのばっかり造るんやろう?」

と、夫に言うと、

「そりゃ、このタイプがよく売れるからや。でも、こんなんばっかりということもないやろ。現に啓ちゃんと見に行った時も真ん中が扉になったのがあったやろ」

と、夫。

「そやけど、もう少しあっても……」

と、不足そうに私が言うと、

「よく売れるものが多くあるのは当然や」

突然に夫が怒り出した。

私は別に夫に文句を言ったのではなく、少数の弱い者の立場から希望を言っただけで、夫が何に腹が立ったのか理解が出来なかった。

次の日、やはりそれまで使っていた冷蔵庫の一台を、私専用に使うことになった。それは少し前の型のもので、上が冷凍庫で下が冷蔵になっていて、扉式。これが私には使いやすい。

節電のために冷蔵庫を一台にしたかったのだが、また二台も置くことになってしまった。それも一台は大型なので、節電になるどころか、電気使用量は増えた。

食器棚

我が家に大型冷蔵庫が来たと同時に食器棚も来た。これも兄が冷蔵庫と一緒に「不用になったから」と送って来たものだったが、実家にも置き場所がないので、父は「叩き割って処分する」と言っていた。

我が家でも以前から「少し大きい食器棚がほしいね」と言っていたが、夫が手作りしてくれるので、私にはそれが使いよくて、そんなに必要ではなかったのである。

でも夫が実家へ冷蔵庫を見に行った時に、父が困っていたので、もらうことにした。オーク材の二段式になった立派な食器棚で、高さが二メートルほどもあり、横幅一メートル五〇、奥行五〇センチという大きさ。これも父は喜んで耕運機で運んでくれたのだが、私は「我が家の台所には合わないなあ」と思った。

上の段はガラスが入った扉になっていて、食器を入れ、下の段は戸棚で、真ん中は小物を入れる引出し。私には上の段は届かない。下の戸棚も低過ぎて使い辛い。自由に使えるのは引出しだけである。

それでも大型冷蔵庫と、オーク材の食器棚が入って、我が家の台所は本当に豪華になって、夫は喜んだ。父も母も見に来て「ここなら合うわ」と喜んでいた。

夫はやきものが好きで、食器棚にはコーヒーカップ、ビールカップ、とっくりにぐい飲みなどなど並んでいる。それを時々うっとりと眺めては楽しんでいる。

そして、少しでもガラスがくもっていると出勤前の忙しい時にでも磨いている。そんな夫を見て「別にこんな忙しい時にせんでも」と思うが、それだけ夫は喜んでいるのだ。

粗大ゴミとして捨てられる運命にあった食器棚と冷蔵庫も我が家に来て喜んでいるだろ

う。

でも私は考える「家具って何だろうか」と。

夫の手作り家具

我が家の家具は、夫の手作りのものが多い。本箱に、ベッドに、パソコンの机に、人形さんを置く棚に、食器棚。食卓のテーブル。ビデオやカセットテープを置く棚。脱衣室のタオル置き。そして、私の避難口のスロープに至るまで、夫の手作りである。

これらを私はすごく気に入っている。なぜなら、私が使い良いように考えて作ってくれて、具合が悪ければいつでも手直ししてくれるからである。買ってきた家具なら、そうは出来ない。

体に重い障害がある私は、自分を家具に合わせるのは難しい。だから本当に有り難い夫である。

我が家へ来て下さるお客様は皆さん、この夫の手作り家具を見て、感動される。そして口々に「心が温かくなった」と言って下さる。それが私はとても嬉しい。

もちろん素人の夫が作るものなので、お金で買ったような家具ではない。そこがいいのだ。もし我が家に買ってきた家具を並べたら、私は使うのに苦労するし、お客様にも「心が温かくなった」とは言ってもらえないだろう。

オーク材の食器棚を台所に収めるために、夫は手作りの食器棚をこわした。

夫が仕事に行っている昼間、そんな台所に立って「ああ、前のほうが温もりがあって、好きだったなあ」と、思う私である。

そして冷蔵庫のことで、あんなに夫が怒ったのはなぜだろう。何にあれだけ腹が立ったのだろうか。考えても考えても分からない。

確かにオーク材の食器棚も、大型冷蔵庫も見栄えはいいけれども、何か借り物のような気がする。

それぞれ好みも、価値観もちがう。中には我が家に来て「なーんや貧乏くさい家やな」と思う人もいるかも知れない。

でも、どんな立派な家に住んでお金があっても、幸せとは限らない。

家具とは、家人が使いやすいものが一番なのではないだろうか。

そして夫が作ってくれる家具は世界に一つしかなく、お金では買えない。そこが素晴らしいと思う。

そんな夫の手作りの家具に囲まれて、私は幸せだ。

生きた証

幼い日々

私は重度の障害者。車椅子なしでは生活が出来ない。

母の体調が悪く、私は七カ月で仮死状態のまま産まれ、二〇〇〇グラムの未熟児であった。しかし母も祖母も諦めず、必死で育ててくれて、危機を乗り越えたのだ。

それが三カ月、四カ月と日が経つにつれて、母は「この子は健康ではない」と思ったそうだ。そして必死の思いで、あちこちの病院を訪ね歩いたが、「こんなお子さんは五歳まではは生きられません。大事に育てておあげなさい」と、どこの病院でも判で押したような説明を聞かされ、絶望の淵に立たされて、何度も死を考えたと話してくれた。

結局、母と私は死神さんにも見放されて、日増しに元気になり、五歳を過ぎた頃は丸々と太った子どもになっていた。だが、歩けない、話せないという障害は残ってしまった。

現在なら考えられないことだが、昔のことなので、当然のことのように就学猶予の手続きが取られ、私は学校へも行けなかった。

初めての別れ

十歳を過ぎた時、私と母は突然に引き離され、私は障害児施設に入れられたのだ。「そこへ行けば話せるようにもなるし、歩けるようにもなるし、学校へも行ける」こんな言葉を何度も聞かされ、親元から離された。悲しい、悲しい出来事だった。あの日のことは今でも昨日のことのように脳裏から消えることはない。「役場の人が来るとお前は押し入れの中に逃げ込んで震えていた」と、大人になってから母が想い出話を聞かせてくれた。だが、私以上に母には悲しいことだっただろうと思う。何度も手術を受け、リハビリを繰り返したが、話せるようにも、歩けるようにもならなかった。でも学校の勉強は出来た。

しかし、中学を卒業すると、行き場がなく、私は実家に帰った。

悩む青春時代

青春の楽しい時期、私には夢も希望もなく、自分に何が出来るのかも分からず、悩む日々だった。

その頃、日本人として初めてのエベレスト登頂者、植村直己さんのドキュメンタリー番

奈良公園でくつろぐ（左端、1979年）

組がテレビで流れた。その時、私は「一歩間違えば死ぬしかない」氷壁を這いつくばって登る植村さんの姿にすごく感動して、その生き方に強く引かれた。それから植村さんの書かれた本を全て買い求め、読んだ。

これだけ頑張って、頑張って生きている方がおられるのだ。私も頑張ろうと思い、「お前に何が出来る」と言って反対する親を押し切って養護学校の高等部へも行き、自立したい一心で、授産施設へも行った。だが、何処へ行っても絶望を味わうばかり。

でも、希望の光がなかったわけではない。

授産施設で習ったタイプライター。大きくて、重くて、私の手に負えるものではないが、とにかく文章は書けた。自分の思いが伝えられる喜びは何物にも代え難く、私は「これだ！」と思い、夢中になって文章を書いた。だが、その時の無理が背骨を傷め、私は再び実家に帰された。

絶望の日々であった。背中の痛みは増し、あちこち病院へ行ったが、「こんな人の手術は無理です」と断られた。だが私は諦めきれずに、父や母に「もう一度だけ大きな病院へ連れて行って。それでダメなら諦めるから」と説得し、京都府立医大病院の整形外科を受診した。

そこの整形外科には脊髄専門の先生がおられて、レントゲン写真を見ながら、

「これは痛そうやね」

と優しく言われた。次に聞いた言葉は、

「このままにしておくと起き上がれなくなります。すぐに手術するしかありません。手術すれば、痛みはなくなると思います」

私たちは言葉もなく先生のお話に聞き入った。とっても痛くて、苦しい手術だったが、そのお陰で、私は救われた。それから二十数年の時が流れたが、年に二回の定期検診は今も続き、私の大切な主治医の先生だ。

夢への一歩

背中の痛みも取れ、机に向かえるようになったある日、近くに住む姉がワープロを持って来てくれた。話には聞いていたが、高価で私が買える代物ではない。姉は「自分で使え

るようになって啓子にプレゼントしようと思ったが、いつのことになるか分からないから。自分で勉強して」と置いて帰った。

夢のような出来事だった。不自由ながらも何とか自由に動く左手の中指一本を使って、ワープロを練習した。私の指は思うようには動いてくれない。ワープロの時も、そしてパソコンになった今でも、キーを正確に打てるのは十回のうち三回か四回だ。初めての文章は、姉への感謝の手紙。

それは私の夢への第一歩であった。

「生きた証を残したい」という夢が私の中で大きく膨らんだ。母は猛烈に反対したが、最後は協力してくれた。

文章を書こう。作文を書こう。私の思いを文章に残そう。

話は前後するが、和文タイプで文章を書き始めたころ、向学心に燃えていた。

一九八二年九月のこと、何気なく新聞広告を見ていた私の目に、「ＮＨＫ学園文章教室ご案内」という文字が飛び込んできた。その文章教室が、私の作文の原点である。月一回の「作品提出」がなかなか書けず、締め切りぎりぎりで書き終えて、寝込む有り様であった。それでも最後の「錬成コース」まで学び、無事に「終了証書」がいただけた。

和文タイプは実に大変だったが、ワープロは私の作文の世界を一気に広げてくれた。初恋のこと、学園のこと、母のこと、愛猫のこと、手術のこと、父のこと、私は寝る間も惜しんで作文を書いた。

夢が開いた

その作文原稿を自費出版してくれる所を探す。なかなかみつからなかったが、関東にある障害者の家族が営む施設が、本の出版を引き受けて下さった。製本され、定価の付いた本が手元に届いた時、母と二人で泣いたことが思い出される。

『四角い空』という題をつけた。窓からしか見られない四角い空が悲しいのではなくて、「限りない広い空が見られた時、その広さに感動出来ることが素晴らしいのである」ということが言いたかったのだ。この『四角い空』は全京都自費出版コンクールでグランプリをいただいた。

この本のお陰で、私の世界は一気に広がり、たくさんお手紙をいただき、多くのお友達が出来た。

嬉しくてたまらない私は、そのことを作文にして「障害者週間体験作文コンクール」に応募したところ、何と、一般の部で、内閣総理大臣賞を受賞したのである。

その後が大変。授賞式は東京で行われて、父と母と三人で出席した。地元でも祝う会を

唯一、キーが打てる左手中指でパソコンに向う。打率は３～４割

開いていただき、たくさんの方の祝辞をいただいた。けれども私に出来ることは、文章を書くことだけ。お礼の言葉も言えない。

そして結婚

この本の出版から三年か四年ほど経った頃、近くの町でコンサートがあり、母と姉と三人で出かけた。

「カメラを持ってくればよかったね」と話していたら、見知らぬ男性が、

「写真なら撮りましょうか」

と声をかけて下さった。その男性が今の夫である。

私が結婚したいと言った時、父や兄達は、

「誰がお前みたいな者と結婚したいと思うのや。騙されとる」

と猛烈に反対した。でも母だけは違った。

「あんたの人生や。思ったとおりにしたらいい」

と賛成してくれた。そして夫は、

「価値観の違いです。啓子さんは頑張って必死で生きてきたじゃないですか。僕は啓子さんをお前みたいな……とは思っていませんから」

と笑って言ってくれた。

こうして私は親元から離れて暮らすことが出来たのだ。現在の暮らしは私が夢にまで見た暮らしである。実家のすぐ近くの公営住宅での生活。母が歩いて来られるのが、何よりの孝行だと思っている。

夫は本が好き、花が好き、山が好き、将棋が好きと言うように、私の趣味とよく合う。もちろん仕事もしている。朝、夫を仕事に送り出し、私は出来ることをする。洗濯物を干したり、取り入れたり、パソコンに向かい、手紙を書いたり、作文を書いたりと忙しく、「もっと時間があればいいのに」と思う。

出会い

私の生き方の原点とも言える冒険家の植村直己さんは著書の中で、

「夢は諦めず、いつも夢を追いかけて生きていきたい」

とおっしゃっている。

そんな植村さんが「北米にある最高峰の冬のマッキンリーで遭難?」あの悲しいニュースが流れてから何年過ぎたでしょう。

「啓ちゃん、冒険館行こうか」

と、突然に夫が言い出した。以前から行きたいと思っていたので、「行きたい！」私は叫んで、決定した。何をするにも早い夫は、電話番号を聞き出し、場所を確認して、当日を迎えた。

植村直己さんは旧日高町（現兵庫県豊岡市）で生まれ育った人で、そこに植村直己冒険館はある。

その日は生憎の空模様で、福知山を過ぎた頃から雨が雪になった。

冒険館の駐車場に車を止め、私は書いてきた手紙を握りしめて、冒険館の入り口へと向かった。そこは深いクレバスを表現した造りになっていて、そのスロープを夫が押す車椅子で下って行く。受付におられた職員の方に手紙を渡し、チケットを買って数歩も行かないうちに、声をかけられた。感じの良い方で、

「出来ましたら少しお話がしたいのですが」

とのこと。先に館内を見学し、その後に時間を取ることになった。

館内には植村直己さんの笑顔と残された貴重な品々があり、大感激の私。

「出会い」とは不思議なもの。冒険館のこの女性との出会いで、また一つ私の世界が広がった。言葉が言えないこと、思いのたけを手紙に託すこと。その女性は私の思いをきれいな形で冒険館に残して下さった。

再度のお誘いを受けて、冒険館を訪ねたところ、

「啓子さん見て」

と、あの手紙が飾られたところへ案内された。

私は嬉しくて、涙がこぼれた。

この感激を作文にして、また「障害者週間体験作文コンクール」に投稿したところ、今度は京都府で一般の部の最優秀賞をいただくことが出来た。このことを冒険館のあの女性に報告すると「冒険館だより」に載せたいと言って下さった。私の作文が「冒険館だより」に載せてもらえるなんて夢のような話である。私はもちろん承諾した。

その「冒険館だより」が出来上がると、

「私の手で啓子さんに渡したいから」

と、嬉しい言葉を添えて、すぐ彼女が何時間もかけて持ってきて下さった。

その「冒険館だより」を手に私はまた涙がこぼれた。

言葉が言えない私は、嬉しくても悲しくても涙がこぼれる。「この子は泣くより他に出来んから」これが母の口癖であるが、本当に私は泣き虫で、感受性が強いというか、感激すると、すぐに涙がこぼれてしまう。

夢が叶う日

今年（二〇一一年）三月の初め、冒険館から封書が届いた。中には一枚のポスターと彼女からの手紙。「植村直己の精神を伝える　２０１１日本冒険フォーラム　こんな日本人がいた　そしていまもいる　冒険の伝説　そして未来」などと書かれた大きなポスターであった。

二〇一一年五月十五日、明治大学駿河台キャンパスとあり、植村直己さんの母校である。

植村直己さんは、この大学の山岳部で「どんぐり」と呼ばれ、世界の植村直己となったのである。

手紙には「東京ですので無理は言いませんが、啓子さんにはどうしても来てほしいのです」と書いてあった。後の震災で開催が危ぶまれたが、こんな時こそ「こんな日本人がいた」と伝えたいと、開催されることになったそうだ。

その頃、私は体調が悪く、その状態は前年から続いていた。「すごく行きたい。けど、こんな状態で東京までも行けるんだろうか」と悩み続けた日々。

でも五月に入って少し体調が良くなってきた。ある日のこと、冒険館の彼女から、

「啓子さん、お元気ですか。東京へは行けそうですか。キャンセルは絶対にダメですよ。東京で会いましょう」

と電話があった。それはハツラツとした彼女らしい元気な声で、その呼び掛けに私は「東京へ行こう」と決めた。

また、それからが大変。急なことで、夫はいくつものホテルに電話をし、インターネットで調べ、車椅子対応の部屋を探したが、なかなか見つからず、最後だぞ！と高級ホテルに電話をした。部屋はあったが、一泊三五〇〇〇円だった。それでも私は行きたいと言った。次は切符の手配。インターネットで調べ、ＪＲに電話をして予約したが、話が噛み合わなくて、夫は呆れ果てていた。

いよいよ東京へ

当日は案の定、トラブル続き。座席指定券で特急列車に乗ったが、私を車椅子から降ろして座席に座らせろと言うのである。車椅子を置く場所もない。夫は怒って、そんなことは出来ないから、デッキにいると言うと、それは乗り降りする方の迷惑になるから困ると言うのである。狭い通路に折りたためない車椅子は置かせて、広いデッキには置かせないのかと夫は怒り心頭。次は新幹線。多目的室を予約したのに、普通の座席なのだ。私は、かなり広い空間がないと食事が出来ない。多目的室でお昼をと考えていたので、それは困った。車掌さんを呼んで抗議したが、どうにもならなかった。帰りの切符を確認したら、そちらは多目的室で予約されていた。その日は別に予定はなかったので、「多目的室が取れる列車で良いから」と念を押したのに、この有様。

でも、悪いことばかりではなかった。東京には早く着いたため、夫と私の好きな将棋の棋士に会いに千駄ヶ谷の将棋会館に行けた。私は羽生さんが大好きだ。お会い出来るとは思っていなかったので、行けた時のために手紙は書いて行った。将棋連盟の方は快く手紙を預かって下さった。

そして東京ドームホテル。ここが予約したホテルである。高い！（部屋代ではない）四十二Fまである高層ホテル。夜景を見に上がった。展望フロアーはなかったが、バーがあり、お店の方が声をかけて下さり、東京の夜景を店内から見せてもらえた。車椅子だと、人の優しさが分かる。でも「あのお店でお酒を飲むといくらくらいするんやろね」と話しながら自販機でビールを買い部屋に戻った。

フォーラム

ホテルから明治大学までは、歩いて十五分ほど。聖橋を見上げ、神田川を眺め、大学へと向かった。冒険館の女性が私を待っていて下さり、会場へと案内された。「公子さんにお会い出来るかしら」と思うと、私の胸は期待で張り裂けそうになる。そう。植村直己夫人の公子さんである。私は公子さんにも手紙を書いて行った。

夫が小声で「手紙を渡してくるから」と言い、席を立った。「渡したよ」と嬉しそうに戻ってきた。しばらくすると一人の夫人が夫の所へ来られた。それが公子さん。そして私の横へしゃがんで手を取って下さった。私は嬉しくて泣きそうになったが、歯を食いしばって涙をこらえた。

フォーラムは盛況のうちに終わりを迎えた。

私の大好きな植村直己さんは生きておられる。

そして、その志は多くの方によって受け継がれていることを知り、感動と感激で胸がいっぱいになった。その時、再び公子さんが近寄って来られ、一緒に写真を撮って下さった。

私は感謝の気持ちでいっぱいになった。

きっと冒険館の彼女が、前もって公子さんに私のことを話しておいて下さったのだろうと思った。

嬉しい嬉しい手紙

冒険館の彼女は、フォーラムが終わると、豊岡から来られた方たちと、富士山を見に三つ峠へ行かれたので、会えないまま翌日に京都へ帰った。ずっと体調が悪かったので、東京行きはきつかった。そんな私を案じてか、夕食を食べていると、

「富士山はよく見えましたよ。啓子さんはどうですか」

と彼女から電話があった。

そして数日して、公子さんからは礼状と、高価な植村直己さんの写真集が届いた。それから、あの羽生さんからも返事が届いたのである。私は天にも昇るような気持ちであった。

私に送られてくるお手紙は正に私の宝物。夫は私が読みやすいようにとクリアファイルに入れ、年ごとに製本してくれる。

歩けもしないし、言葉も言えないが、思いのたけは伝えられる。そう、私には手紙が書ける。その手紙から、たくさんの出会いが生まれ、その方々と会うために私は生きる。

一通一通に心を込めて手紙を書く。全力を尽くして文章や、作文を書く。それこそが、私の生きた証だから。

啓子の遺言

二〇〇五年二月十一日、義兄の葬式が行われ、私も夫と参列した。私は今までお葬式に参列したことがなく、生まれて初めて体験したのである。可愛がってくれた祖父母の時も、叔父の時も実家で留守番をしていたのである。今になって考えると、おかしな話であったと思うが、昔のことなので、「重度障害者の啓子は、そんな席へは行かなくていいもの」と、みんな思っていたのだろう。

でも、義兄の葬式に参列して、改めて「葬式って何なのか」と考えた。以前から「自分の葬式はして欲しくない」というのが、私の主義である。親よりも先に死ぬのは何よりも親不孝。そして、私には子どもがいない。だとすれば、私の葬式は誰がするのるのか。

夫、兄姉、親戚、よその人。

生きている間、みんなに世話をかけている私なので、「死んでからまでは世話をかけたくない」というのが私の本心である。

私は「脳死をした時には臓器などを提供する」という意思を記したドナーカードを持っている。そして、死後は京都府立医科大学に「献体する」という意思を記した献体カードも持っている。

これは、どんな状態で人生の最後を迎えるかは分からないけれども、過去、現在、病院でお世話になり、これから先もずっとお世話になり続けるであろう私なので、死後は少しでも医学の役に立てればという思いから、結婚する、ずっと以前に決めたことだった。

そして結婚をしてから、私の死後、遺骨を「どこの墓へいれるか」ということで、もめるであろうと思ったので、「それも自分でちゃんとしておかなくては」と思っていた。

そんなある日のこと、我が家に夫の娘の真奈美ちゃんが遊びに来た時のことである。

車で孫の祐弥くんと四人で町内へ散歩に出かけた。我が家の近くに「太虚寺」というお寺さんがあり、そこへの道順の表示が所々に出ている。それを見て、

「このお寺さんに樋口家のお墓があるんや」

と言うと、真奈美ちゃんが、

「啓ちゃんは、どこのお墓に入ると?」

と聞いた。夫は素早く、

「そらっ、樋口家の墓か、啓ちゃんのお母さんの実家の墓なんじゃないの?」

と言ったのである。

真奈美ちゃんは長女でもあるので、心配して聞いてくれたのだと思うが、結婚しているのに、まるで他人のように言った夫の言葉には、自分の耳を疑った。

その後、祐弥くんを遊ばせるために小川へ行った。そこで祐弥くんは大喜びで、皆愉しく遊んでいるのに悪いと思ったが、私は悲しくて、涙が出て出て、止まらなかった。

それから二～三日して真奈美ちゃんたちは帰った。

でも私は夫の言葉が忘れられず、「お墓のことは早く決めておく必要がある」と思った。常識で考えて、私は母の実家の墓へは入れない。かと言って樋口家の墓にも入りたくはない。最初に書いたように「自分の葬式はして欲しくない」というのが、私の主義である。

当然のことながら、「墓も要らない」というのが本心である。子どももいない私の墓を誰が守ってくれるのだろうか。樋口家の墓は、先祖代々の墓として、兄や甥が守って行くだろう。でも私は樋口を出た人間。そこには入りたくない。

そんな私の思いも聞かないで、そんな大事なことを軽々しく「そらっ、樋口家の墓か、啓ちゃんのお母さんの実家の墓なんじゃないの？」と決め付けて言った夫の言葉がショックで、その後も相談する気にはなれなかった。そこで私は、菩提寺である太虚寺の高柳ご住職に、私の思いを全てお話して、「私の遺骨は無縁仏として太虚寺さんで預かってもらうことは出来ないでしょうか」と相談してみた。

　すると「最近はそういう考えを持つ人が増えているので、出来ない相談ではありません。無縁仏として遺骨をお預かりするよりも、供養塔を建てる場所がありますので、そこにお地蔵さんを建てられたらいかがですか。お地蔵さんなら三十万円ほどで建てられますし、遺骨は寺でお預かりして、合同慰霊祭というかたちでご供養しますので

啓子さんはかわいらしいお地蔵さんになりました

……」とのことだった。

　私は、それに決めた。そして高柳ご住職にお願いすると、「可愛らしいお地蔵さんを探しておきましょう」ということで、お地蔵さんを探していただいているところである。

　私は、それを自分の一存で決めて、冷静に話せる時が来るのを待って、夫に言うと、

「真奈美に言ったのは、啓ちゃんはお母さんと一緒のお墓に入るのがいいと思ったから」

と言ったけれども、樋口家に嫁いだ母が、実家の墓に入れるはずもないし、私も母のお腹にいる時から母を苦しめ、やっと産まれたと思うと苦労ばかりかけてきて、おまけに死

んでからまで、同じ墓に入ることはしたくない。もし結婚していなくても、同じことを思っただろう。

そう言うと、夫は、

「だったらワシも啓ちゃんと一緒に入るので、お地蔵さんよりも、遺骨が入れられる墓石にしたら……」

と、言った。でも、それなら墓を建てることになり、土地を買い、石も買わなければならないし、後々の墓の世話は誰がするのか。

それよりも供養塔の可愛らしいお地蔵さんなら、墓地へ来られた人に参ってもらえると思うのだ。

高柳ご住職も「ご夫婦で供養塔を建てられて、お二人のご遺骨は寺でお預かりするというのが一番いいのですが……」と、おっしゃった。だが、夫には子どももいる。そして九州には両親が眠る大東家の墓もある。

だから、夫のことはそんなに簡単に決められることではないと私は思うし、私が決められることでもない。

そんなことで、死んでからも夫といられるかどうかは分からないが、私は「死後の世界なんてない」死んだら人間はおしまいだと思っているので、死後は私の意思をかなえて、出来るだけ多くの人に世話をかけないで葬ってほしいと思う。
それを願って、この作文をかいた。

（二〇〇五年六月十八日土曜日）

義兄の死

そのことを母から聞いたのは、二月九日の午前十時頃のことであった。前夜から我が家へ泊りに来ていた母が帰ったのが九時半過ぎ、それから間もなく電話があり、「福知山の千代子（姉の名）の親戚の人から電話があって、千代子とこの義宣（姉の夫）さんが死んだって。救急車で病院へ運ばれて、今、警察が来て調べとるそうや」と言った。

私はびっくりした。つい先日も姉は我が家に来たが、そんな話は出なかった。母に聞いても何も分からず、ただ続報を待つしかなかった。折り悪く、父はスキーに出かけていて、まだ帰って来ていない。

その後、何度も電話をして母に聞いたが、夕方になっても「なんの知らせもないし、何も分からへん」と言って、すごく心配そうだった。

私も夫の帰宅を待つしかなくて、ただただ待った。帰宅した夫は私の話を聞くと、「こんな時は遠慮せんと聞いてみるのが一番」と言って、すぐに福知山の姉の家へ電話してくれた。電話には姉が出て、すべてのことが分かった。

義兄は九日の朝起きて来ないので、起こしに行くと、もう亡くなっていたそうだ。それから救急車と警察を呼び、死亡確認も出来、義兄も今は自宅に帰って来たと言う。土地の決まりで通夜はしないとのこと。子どもたちにも連絡が付き、明日は帰って来れるとのことだった。お葬式は十一日の午後一時から福知山斎場で行われるそうだ。

義兄は、七十一歳。まだ亡くなる年ではない。それに警察が来て調べたというのも、私はびっくりして、心配した。それに義兄もあまり健康ではなかったので、「自殺では？」と思ったのだ。だが検死の結果、自然死であった。現在では自宅で亡くなった場合、警察を呼んで調べてもらうのだそうだ。

私は今までお葬式には参列したことがない。父も母も私を冠婚葬祭に出さなかった。でも夫は違う。「それはおかしい」と言って、比呂美（夫の娘）ちゃんの結婚式には二人で出席した。私には初めてのことであった。そして昨年は法事への参加。それらは私にとってとても貴重な経験になった。私も社会の一員なんだと思うと、勇気さえ湧いた。

今回も夫が「妹なんやから行くのは当たり前や」と言うので、二人で行く。大阪の義姉や、奈良の兄夫婦も来ていた。私にとっては何もかもが初めての経験。

式が始まる時間までには少し間があるからと、夫は車椅子を押し、私を祭壇の前に連れて行ってくれた。

沢山の生花で飾られた祭壇。その中に父の生花が一番高いところにあった。普通なら誇らしく思うのだろうが、「親がこんなに目立たなくても……」と思うと、私は何とも言えず悲しかった。それと同時に「ここに義宣兄さんも眠っている。人の命とははかないものだ」と思ったら、悲しさが増した。

式が始まり、ご焼香の説明があった。すると父は夫に「啓子はせんでええから」と言う。それは、きっと大勢の人の前で私がやりにくいと思ったからであろう。でも夫ははっきりと「いいえ、啓子さんも私と一緒にさせてもらいます」と言ってくれ、親族の一番最後に並んで手を合わせ、ご焼香をした。それから最後のお別れがあり、夫と一緒にお花を入れさせていただいた。

そこで葬儀と告別式は終わり、親族だけが火葬場へ行く。

この斎場は火葬場も隣接しているので、私は最後までお見送りすることにした。

長い長い廊下を通り、火葬場へと行く。この時、私は病院で手術室へ向かう時のことを思い出していた。でも義宣兄さんは、もう帰って来られないのだ。

そこで本当に最後のお別れ。その時、娘のあゆみが義宣兄さんの顔を撫でて、父との最後の別れを惜しんでいた。

そこまでは父も兄たちもいたが、待合室へ戻ると、もう帰ったのか、誰もいなかった。私は最後の最後までお見送りしたいと思い、夫と二人で待っていると、姉の次男の哲志と、その従弟が来た。この待合室には他に亡くなられた方のご遺族も沢山おられたのに、私たちのほうは四人だけ。遺族は精進落としの準備のため、この場にはいないものという。そのために親戚の人が哲志に「お寺へ行ってきてくれ」と言いに来られたが、

「今からお寺へ行ってたら骨を拾う時間に間に合わへんから、他の人に頼んでほしい」

と、きっぱりと言った。その後で私たちに、

「最後の最後ぐらいおってやりたいわ」

と、腹立たしげに言う。私も同感だ。人が命を終え、旅立っていく最後の最後の時に、誰もいないというのは、寂しく、悲しい。

四人で義兄のこと、姉のこと、仕事のこと、社会のことなどなど話している間に時間が来た。私と夫はお骨を拾うことは出来ないが、「最後まで見届けてあげたい」という思いで、同席させてもらった。

初めて見る人間の焼かれた骨。何の匂いもなく、きれいなものであった。死ねば人もこうなるのか！　私は悲しいよりも、むしろ感動していた。

お骨は、子どもと孫の手によって一つ一つ拾われていく。待っている時に「生きているうちには親不孝した俺が、死んでから孝行の真似事をしても……」と言っていた哲志が、その父の骨を口に入れた。

それが父への精一杯の思いだったのだろう。

私は必死で涙をこらえていた。

「お骨は仏様が御座りになった姿のように骨壷に収める」と言われているように、足の骨から順番におさめて、最後に頭の骨をかぶせて、全てが終わった。

これで義兄の一生も全て終わった。

Ⅲ　ふれあい

あさがお

夕食の終わった食卓に、しぼんでしまった朝顔の鉢植えがある。今朝、夫が入れてくれた朝顔だ。三〇センチ程のびた蔓《つる》の先に、ひとつだけ花を咲かせ、その短い命を終わろうとしている朝顔。

私の家に母が来て、久しぶりに泊まった朝だった。母が私たちと朝食をとるのは、月に何度もない。なのに、その母の来るのを待っていたかのように朝顔は今朝咲いてくれた。

夫がこの朝顔を食卓に置いたのは、六時少し前のこと。まだ完全に開いてなく、赤と白の縞をねじらせていた。

「もう開くの？」

「もうすぐね」

と、夫と言葉を交わした後、二～三分ほど目を離し、ふっと花を見ると、もう半分ほど開いていた。

鮮やかな赤だ。白の底絞りも美しい。

この朝顔は、花の好きな夫が、庭に種を蒔いては植えていた。でも私は、なかなか外に出られないのだ。六月も終わりの頃、朝顔の植え替えだと言う夫に、

「いつも私が見られる朝顔が欲しい」

と、頼んで植えてもらったもの。その朝顔がまるで母が来るのを知っていたかのように、咲いた。

母が起きて来て、

「もう朝顔咲いたんか。一輪しか咲かへん朝顔なんて、珍しいなあ」

と言って、不思議そうに眺めている。

私と夫は顔を見合わせ笑う。そして、

「これは啓ちゃんのリクエストに答えて作ったもんです」

と、夫が自慢げに言った。

今朝のように我が家では、いつも夫の咲かせる花が食卓を華やかにする。

しばらく三人で眺めていると、見る見る間に一輪の朝顔の花は力いっぱい開いた。

「ねえ、何時《いつ》まで咲いているの？」

私は夫に聞くと、

「朝顔だから、昼過ぎには萎んでしまい、それで、この花の命はお終《しま》い」

と言った。その後、母も帰った。

ところが朝顔は、昼過ぎになっても、三時を過ぎても朝のままの姿で咲いている。きっと私のために一生懸命に頑張って咲いてくれているのだ。そう思うと、胸に言いようのない感動が込み上げてきた。

そして夕食を食べている間に、静かに萎んでいった。その朝顔を見ながら、私は花にお礼を言った。

「長く長く咲いていてくれて、ありがとう。ご苦労様」

我が命と何のかかはり朝顔を
しみじみと見てしぼむを惜しむ

（吉見芳子『歌集　連台』より）

ひまわり

夏の花と言えば、何と言っても大輪の花を咲かせる「ひまわり」だ。

小畑橋を渡って、山陰線の踏切の手前に、大きな農家がある。その庭先にひまわりの大輪が何本も咲いている。

私の大好きな朝の散歩道。夫の休日には、いつも一緒に散歩するコースである。

ここは私が生まれ育った和知。これから夫と生きていく町。この町に私たちの住む住宅が建った。それも、障害者用の住宅が……。

いつもの散歩道、花が好きな私たち。だから、いつも花の話ばかり。私は夫と会う前のことが知って欲しくて、話はいつも昔のことが多くなる。

「あっ、ひまわり！」

と、私は叫んだ。

「ほんとだ。大きな花だね」

と言って、夫も見とれていた。私はひまわりを見ると思い出すことがある。そこで、

「私の実家の裏に畑があるでしょ。私が居た頃は春には桃の花が咲き、それが終わると次はひまわりがいっぱい、いっぱい大きくなってね。そして、花が開くと、みんな私の窓の方を向くのよ。不思議でしょう」

と、夫に問いかけた。

夫は私の実家の方を見て「うーんと、東はあちらだから……」と、考えていた。

私たちの散歩はこんな会話が続く。

その夜、夫は言った。

「啓ちゃん、ひまわりの花は蕾のときは太陽を追いかけるけど、花が開くと日の出の方向を向くんだって」

私は夫の言葉の裏にある意味を知った。裏の畑のひまわりは花が開くと、みんな私の窓の方を向いて「啓ちゃん頑張れよ」と言ってくれているようだった。

そしてそこにはいつも裏のおっちゃんの顔があった。

「啓ちゃん、どうや、そっち向いとるこ（か）」

と、いつもおっちゃんは笑っていた。

もう裏のおっちゃんの笑顔には会えないけれども、ひまわりを見ると裏のおっちゃんを思い出す。

今度小畑橋を渡るのはいつになるだろう。まだあのひまわりは元気に咲いていてくれるだろうか。

早く会いたい。


（『真心つむいで』より　京都新聞社）

文字は生きる支え

私がひら仮名を覚えたのは何歳の頃だったか覚えていません。

それは記憶にも残っていない幼い日、祖母が買ってくれたいろはの書いた積み木で覚えたと母から聞いたことがあります。私は肢体不自由児だったため、十歳になるまで学校には行けませんでしたが、誰に教わったことも無く、何時《いつ》の間にか漢字混じりの絵本を読んでいたことは記憶にも残っています。

それから何年かが過ぎて、中学、高校時代になると、国語の時間の漢字テストが嫌で「日本にはなぜ漢字という厄介なものがあるのだろう」と、思ったものでした。

そんな私が文字の素晴らしさを知ったのは和文タイプと出会ってからでした。それまで私は手が不自由で、文字を書くことがすごく苦痛だったのです。

けれども和文タイプが打てるようになってからは、不自由な手で打つのですから、手が震えて横の活字を打ってしまったりするので、それなりの苦労はありますが、誰にでも読んでもらえる美しい文字で思いどおりの文章を綴ることが出来るようになった時、私は初めて文字の素晴らしさを知りました。

私は手足も不自由ですが、言語障害も重いために、人間にとって最も大切な言葉によるコミュニケーションが出来ないのですが、言葉が話せなくても文字を使って文章にすれば、自分の気持ちをそのまま他人に伝えることが出来ます。私は毎日ジグソーパズルの絵を組み立てるように一文字、二文字、三文字と文字を組み合わせて言葉にし、文章に思いを託すのです。

パズルの絵なら仕上がりは決まっていますが、文字のパズルなら仕上がりは自由自在です。ところが私の意思を無視して失敗作も数多く生まれます。そんなとき、自分の勉強不足もどこへやらで、思うように書けないことにイライラします。でも、今の私に「文字が無かったら」と、考えると恐ろしい気がします。もし文字が無ければ、自分の思っていることも、言いたいことも、他人には分かってもらえず悲しい人生だろうと思うのです。

そして、タイプを打つことが何よりの生きがいとなっている私にとって、文字はまさに生きる支えです。

四角い空

空は限りなく広いはずなのに私が見る空はいつも四角だ。柔らかな春の空も、まぶしく光る夏の空も、青く澄み切った秋の空も、凍るような灰色の冬の空も、どんな季節の空も四角い。

それでも朝になれば太陽が昇り、夜には星が輝き、お月様も見られる。

でも、その空はいつも小さくて四角い。

この世の中には、自分の足で歩けない人がどれぐらいいるのだろうか。それは神様にとってはほんの些細ないたずらなのかも知れないけれども、私たち人間にとっては大問題だ。

同じ人間に生まれて歩けないのは「損」としか言い様がないと、よく思う。その反面気分のいいときには歩けないことも「損だ」とばかりは言い切れないという気もする。もし私が歩けていたなら、歩けない悲しさも、歩けることの本当の素晴らしさも知らずにいるだろう。人は歩けることが当たり前になっているからである。車椅子も便利なようで不便な物だ。わずかの段差でも立ち往生し、石ころ道などでは動かすのが大変である。そんな訳で足の代わりをしてくれる車椅子を「厄介な足やなぁ」と思う時もある。ところが私は車椅子が無くては一歩も歩けないので、車椅子に感謝しているのは言うまでも無い。

私の母は自分の孫たちに、

「これはお姉ちゃんの足やから大切にせにゃいかんえ」

と、いつも言い聞かせている。私はその子たちの叔母になるが、その子たちが生まれた頃、まだ中学生だったので、何時の間にかお姉ちゃんと呼ばれていた。孫たちにそう言い聞かせている母も、私が家族の通路に車椅子を置いていると、「ああ、邪魔になるなあ」と、言うので「それは私の足やから」と、言うと「大きな足で困るなあ」と、また母が言い返す。

テレビや新聞で自殺のニュースなどを見て「私もしようかな」と、言うと「手伝ってやるから今すぐしたら」と、母が言う。母は私がそんなことをする娘でないことは百も承知なのである。

そんな母も私が幼い頃、私の病気が一生治らないと知らされて何度も母子心中を考えたと話してくれた。

そこで私はまた一言「母さんと私は死神にも見放されたんやから生きるしかないなあ」

38歳のとき出版した『四角い空』を手に

と言うと母は「アハハハ」と大声で笑う。

母と私の間ではこんな会話はいつものことで、こうして私たち母娘はストレスを解消しているのである。

私は外へ出られる機会も少なくて、いつも部屋の窓から外を見ている。その空は小さくて四角い。そんな小さな空を見慣れている私は、限りなく広い空を見ると、言いようの無い感動を覚える。

空が広いのは当たり前のことで、もしも歩けていたなら、このように感動はしないだろうと思う。この感動を歩ける人にも分けてあげたい気がする。

そうすればもっと歩けることを大切にされるだろう。

でも、歩ける人が同じ空を見ても、私のように感動はされないだろう。

私は歩けないけれども、空の広さに感動したり、歩けないことによって人々が忘れているようなことを感じられるのだから、歩けない悲しみより、その幸せの方が大きいのではないかと思うときが良くある。


（『四角い空』より　ひまわり社）

母の雛人形

三月初めの、ある朝のことだった。母が思い出したように、

「今年は久しぶりにおひなさんを出してみようか」

と、突然に言うのである。

新聞を読んでいた私は「今更ひな祭りをする年でもないのに」と思ったので黙っていると、母はしばらくして「よし出してみよう」と、独り言のように言った。

私が生まれた京都府の和知町では、ひな祭りが三月三日ではなく、四月三日に行われるのである。

私の家には五段飾りとか七段飾りのような豪華なひな人形は無いけれども、高さが五〇センチあまりで、横の長さがそれよりも短く奥行きが二〇センチほどの館にはいった、内裏びなだけの小さなひな人形がある。

それは母がお嫁に来て初めての節句に実家からもらったのだと、幼いときに母から聞いた。私が幼かった頃は、毎年三月になると母が、

「今年もおひなさん出してあげよな」

と言いながら、押入れから七〇センチ四方ぐらいの木箱を取り出した。その中にはおひなさまの頭や着物、金色の冠やびょうぶ、そして館の屋根の部分などがばらばらにして入れてある、小さな紙の箱がいくつもあって、それを一つ一つ木箱から出してまるで手品でもするように「あっ」と言う間に組み立てて、桃の花や菱餅、ひなあられなどを供えて、きれいに飾ってくれ、四月の三日には近所の友達と一緒にひな祭りをしたのを今もはっきり覚えている。

ところが私が大きくなりひな祭りなど気づかずに過ぎてしまうようになってからは、母のひな人形は出してもらえず、何年も押入れで眠ったままだった。

母も、押入れにしまったままのひな人形のことが気になりながら、何時《いつ》の間にかひな祭りが過ぎてしまって、ひな人形を出す機会を失っているようだった。

そんな母が今年は一大決心をしたように「よし出してみよう」と言った次の日、私が十代の頃に自分の部屋として使っていた四畳半の離れへ行くと、母のひな人形が飾ってあった。

その部屋は西に大きな窓があって、南側がドアーになっていて、そこから一メートル余りの渡り廊下で母屋に続いている。

今はその部屋には何も無くて、私が使い古した机が残されているだけだった。その机に薄いピンク色の大きな布を掛け、机をすっぽりと覆って布の裾は畳のところで四方に広がっていた。

その上にひな人形を置いて、両側には私が幼い頃に大切にしていた着せ替え人形などが飾ってあった。

私は思わず母屋にいる母に「おひなさん出したんか」と、大声で言うと、

「啓子に言うても相手にしてもらえんかったから一人で出したんや」

と、母屋から大声で返事が返ってきた。

私は言葉が無く、ただ母のひな人形を見つめていた。

母はお嫁に来てから四十数年になるので、もう古くなって色はあせて、おひな様も鼻の頭は虫にかじられてしまい、何か母の苦労を物語っているようだった。

母は時々「私はこの家と結婚したんや」そんなことを言う。

戦争中のこと、母は十八歳で顔も知らない人と、親の決めた結婚をしたそうである。そして兄が生まれ、終戦を迎えた後に兄の父の戦死の知らせが届いたのだった。

そして母は何年か後、兄の父の弟、つまり私の父と再婚した。母は再婚で兄もいたため父に対して、私には想像できないような遠慮があって、父に尽くしぬいて日々を重ねた。

やがて父との間に待ちに待った子どもが生まれた。それが私である。ところが、私がお腹にいる時に母は風邪を引いてしまって、それが原因で身体が悪くなり死ぬほど苦しい思いをして私を産んでくれたのだった。

そのためか私は身体が弱く、一歳を過ぎると不治の病である小児麻痺と診断された。以来、私は足も手も不自由になり、歩くことも、話すこともままならない身体になってしまい、またまた母の苦労が増えた。

今度は障害児を持つ親の苦しみが始まり、一言で「障害児を持つ親の苦しみ」と言っても、それは一時的なことではなく一生続くことなので、例えようも無く大変なことだ。

わが家のひな祭り（2005年3月）

昔から母は父に嫌なことは絶対に言わなかったし、わたしが大人になった今も母は父に絶対服従でいくら言いたいことがあっても、

「言いたいことは明日言えという言葉があるやろ」

「その時はカッとして言いたいと思うことも時間が経てば気が変わるという意味や」

「あんたもよう覚えとき」

と、言って笑っている。

私は結婚をした経験がないので分からないけれども、毎日のことなのでいろいろなことがあり、それを分かち合うのが夫婦ではないかと思う。

でも、父と母は何事も父が黒だと言えば白であっても黒で、母は何も言わない。

私がたまに「今時そんなのははやってないんやで」と母に言うと「お父さんは一生懸命に働いてくれてんじゃから感謝せにゃあかん」と、言う。

父は若い時から旅行好きで日本全国どこも行かない所がないほど旅行をして、最近では外国へと足を伸ばしているようだ。

父は何処へいくときでも行き先など言わずに「ちょっと行って来る」と、まるで隣へでも行くように言っていつも一人で出かける。

そんな父を、どんなにお金に困っていても母は何も言わずに笑顔で送り出す。

ずっと以前のこと、母に、

「父さんの行き先ぐらい聞いておかな、もし留守中に何かあったらどうしようもないで」

と、言ったことがある。

すると母は、

「父さんは何も知らん者に言うても分からん、と言うて何も言うてくれへんし、聞いたって私も分からんから」

と、すっかり諦めているように言った。

私はその時「そんなことを言ったって何が起きるか分からんのに、こんなのんきなこと言っててていいのか」と、強く思った。

身体が不自由でなければそんなに思わないのだろうけれども、自由に動けない私は心配になるのである。こんな私の思いを父は知っているのだろうかと思う時が良くある。

いつも父は一人で行き、旅費が多くかかり小遣いが不足するため、留守番をしている母と私にはお土産は無い。

父は一生懸命に働いて旅に行き、それが楽しみなのだから、それでいいのだけれども、ちょっと私には理解できないところがある。

今までに家族三人で旅行したことは一度も無く、家に居る父は外仕事をしているか、眠っているかどちらかで、私が幼い時も父に遊んでもらった記憶はない。

でも現在は私が病院へ行く時などはいつも車で行ってくれ、私には甘い父である。

母は十八歳でお嫁に来て以来「タバコ屋のおばちゃん」で、朝から晩まで店番と家事と私の世話とに追われ、行きたい所へも行けず母は初老を迎えた。

母の一生とは何だったのだろう。

母はそんなことを考える間もなく、今日もお客さんに「毎度おおきに」と、笑顔で接している。

桃の花が咲き桜のつぼみが膨らみ始め、ひな祭りも過ぎた四月四日の昼下がりのこと、離れの部屋に行くと、昨日のひな祭りを祝ってもらうことも無く、母のひな人形がポツンと置かれていた。

花冷えの肌寒い日だったので、私には母のひな人形が寂しそうで震えているように見えて、思わず母屋に居る母に、

「はようおひなさん片付けてあげんと寒そうで可愛そうやで」

大声で叫ぶと、母屋にいた母が離れに来て、

「そんなあわてて片付けんでも、うちの娘はとっくの昔に行き遅れとるし、何年も前から押入れから出さずにいたんやから、一日でも長く出しておいたら虫干しになるし」

と、笑いながら言うのである。

その言葉の裏には、年頃になっても結婚も出来ない、身体の不自由な娘を持つ哀しい母心があるのだろう。

でも母は、辛いことを辛そうに言うのが嫌いで、私も何気なく「それもそうやなぁ」と、笑って言った。

そのあと、ひな人形の前に座っていた私の横に座って、母の話が続く。

「今は古うなって、きたのうなったけど、昔は色が鮮やかで、すごくきれいかったんやで」

「戦時中の食べる物もお金も何も無い時代に、親が食べる物もよう食べんと、このひなさんを買うて持って来てくれたんや」

「そやで今まで大事に大事にしてきたんや」

母はその時、きっと今は亡き両親のことを思い巡らせていたのだろう。

母の話を聞き終えて、この調子だと母のひな人形はひな祭りが終わっても今しばらくはここで、春の日のひと時を過ごすことになるだろうと思った。

母はどんなに辛くても「私は泣くのは嫌いや」と言って明るく笑っている。

その後、テレビでかわいそうなドラマなどを見るとポロポロ涙を流している。涙もろい母である。

けれども自分のことでは絶対に泣かない。泣いてしまうと、自分を支えているものが崩れてしまうからだろう。私は母の娘でも、母の真似が出来ることは何もないと思う。それでも明るさだけは母に負けないつもりでいる。

動物好きの私は、テレビで動物の出る番組をよく見ていて、ムクムクコロコロした子犬や子猫が出たりすると、可愛さの余り動物好きの母にも見せたくなり、思わず「母さん母さん、ちょっと来て」と、二階の自分の部屋から大声で下にいる母を呼んでしまい、何事かと思って二階へ跳んで上がってきた母にテレビを指差して、

「あれ見て、すごくかわいいやろ」

と言うと、

「なんやそんなことか。この忙しいのにいちいちこんなことで呼ばんといてえなぁ」

と、怒りながらも母の目はしっかりテレビに向けられていて、母も思わず「まあ、かわいいなぁ」と言ってしまう。そんな母を見て私が笑うと、母もアッハッハッと笑い、二人で大笑いする。

我が家からはいつも笑い声が絶えなくて、その声は家の前の国道を走る車のエンジン音にも負けてはいない。


（『四角い空』より　ひまわり社）

良い本悪い本

使ってはいけない言葉がある。教えてはいけない言葉もある。しかし、変えてはいけない物もある。今度は童話や昔話まで変えようとしている人たちがいる。しかも児童文学者と言われている人までもが。

『桃太郎』や『猿蟹合戦』の内容が、子どもたちに悪い影響を与えるから、書き換えると言う。

私はそのテレビを見ていて、驚いた。その人の言い分に共感するお母さんも居たが、私と同じ意見のお母さんも居た。

ゲストに招かれていたなかにし礼さんは、「あなたの言っていることは、作品の改ざんだから、そんなことは止めて、自分の作品を書かれたらどうですか。あなたが自分の作品をどのように書き、どのように発表するのも自由だが、他の人の作品を書き換えるのは止めるべきだ」と言われた。

私もそう思う。古い古い昔話であれ、童話であれ、勝手に変えて良い道理は無い。大人が「良い本だ」「悪い本だ」と軽々に決めるべきではないと思う。

祖父母が孫に、父母が子どもに、語り、読み聞かせて来た物語、語り継がれてきた物語は、子どもたちの素直な心と、豊かな感性で、より素晴らしい物語になると私は信じている。

えほん村みんな物語

「みなさ～ん　こんにちは！　私の年を知っていますか～？」

と、こんな可愛らしい問いかけで、その講演は始まった。

一九五一年、兵庫県生まれ。その人の名は松村雅子さん。現在は八ヶ岳の麓に「えほん村」を開設し、そこに住んでえほんの制作や、児童の造形教室を開いて、活躍しておられる。

「私の年はね、三百歳。高いお空の上の上に住んでいます。名前はね、マジョーデ・マジョーラといいます」

そう、彼女は二つの名前を持つ魔女だったのです。

その魔女が、ここ「宮津歴史の館」で私たちの前に居るのです。私たちはすっかり魔女の虜になりました。

「私はね、ネコと、星と、木と、花とお話ができるのです。五感ではなく、六感全部を使ってね」

そして、

「人間て、何て悲しいのでしょう」

とも言う。

私と同じで、その人も生まれつき体が弱く、お医者様に「長くは生きられないでしょう」と言われたそうだ。それはお母さんゆずりとか。

「体が弱いと下を向いて歩く。下を向くと、アリさんや、小さな花や、いろんな物が目に付き、やさしくなれるよ」

と言い、また、

「体が弱いとゆっくり歩く。ゆっくり歩けば自分のやりたいことがやれる」とも。

今の時代、みんな忙し過ぎて、相手を思いやれないような変な時代になったとも言う。

「でも大丈夫。体は弱くても魔女は子どもを産みました。自然はね、その人に合った子どもを授けてくれるのよ」

生まれた子どもに「あなたはしっかりと二本の足を土に着けて歩きなさい」と、付けた名前が土を二つ重ねて圭《たま》。おじいちゃんは「そんなネコみたいな名前、可哀想だ」と言ったが、「私も夫も気に入っている」と笑う。

その圭ちゃんは中学卒業と共に学校へ行くのを止めた。親の元を離れ、自分の道を歩きだしたという。十四歳と六カ月の時のことだそうだ。その時「大丈夫だよ。自分の信じる道をゆっくりゆっくり歩きなさい」魔女は言ったという。私もそう思う。

最後は二つの作品の朗読と紙芝居だった。それは「大きな木」と「一本のにんじん」、そして「大きくなあれ」だった。

「本や紙芝居はぜひ大きな声で、子どもと一緒に読んで、見てください。子どもに読み聞かせる本は、大人が楽しめなければ、良い本とは言えません。どうか大人が楽しめる本を読んであげてください」

と、魔女は言った。

この魔女さんと私、生きた時代も思いも、何か通じるものがあり、とても身近に感じた。

それに何よりも「書く」ということに生きがいを感じているから、なおさらである。

別れの時、私の手を包み、

「頑張って、書きつづけてね」
と言ってくれた言葉が、魔法のように残っている。

ことば

テレビを見ていた夫が、突然に笑い出した。ＮＨＫの俳句番組を見ていたのだが、「かわとう、だって読んでるよ」と笑っている。「人の名前なの？」と聞くと、「河東《かわひがし》碧梧桐《へきごとう》、のことさ」と笑って言う。

夫は時々テレビを見ながら、「この人たち何も考えてないから、こんな嘘を平気で使うんだ」と怒っている。

夫はよくＮＨＫを見ている。そのＮＨＫでこんなこともあった。「屋外」とテロップに流れたのに、アナウンサーの方は「やがい」と読まれた。夫は「おくがい、じゃあないのか？」と不思議そう。私は手元にある国語辞典を開いた。「おくがい」の項には「屋外」とあり、「やがい」の文字は見当たらない。次に「やがい」の項を見る。「野外」とだけある。夫の意見が正しかった。夫は言う。

「ＮＨＫからしてこうだもの。言葉が乱れるのも当たり前」と。

ＮＨＫのある番組の中で、外国人のタレントさんが、こんな話をしていた。「日本に来た頃、ホテルの人に案内図を示し、ここに行きたいのだがと聞くと、交通の便が良くないので、マイカーで行く方が便利ですよと教えてくれた。私は感激しました。日本人は何て親切なんだ。はじめて会った僕に車を貸してくれるなんてと思い、あなたの車はどこにありますかと聞いたら、変な顔をするのですよ」

こんなユーモアは実に楽しい。豊かな日本語を正しく使いたいと思う。

無痛無感症

テレビのドキュメンタリー番組で「難病と闘う子どもたち」を見た。

画面に映し出される子どもたちは、それぞれに「何万人に一人」と言われる難病を抱えている。その子どもたちは何の問題もなく産まれ、生後半年から一年くらいまでは普通の赤ちゃんと変わらないのに、だんだん症状が出て来ると言う。

例えば病名は覚えられなかったが、太陽を浴びると肌がヤケドして命を削ることになるので、太陽の下へは絶対に出られない。そんな病気があるそうだ。その子は生後何カ月かして外に連れて行くと、すぐに日焼けをするので、親は「肌が弱いんだろう」と思っていたそうだが、だんだん症状がひどくなるので病院へ。そこで「紫外線にあたると肌がヤケドして、やがて皮膚ガンになる難病である」と分かった。

世の中には本当に色々な病気があるものだ。

中でも私が驚いたのは、「無痛無感症」と言って、読んで字の如く、痛みを感じないという病気だ。

お座りが出来るようになった頃、ころんで頭を打っても泣かない子。やがて這い這いをして、よちよち歩きをするようになり、あちこちに頭をぶつけて怪我をして血が出ても笑っている子。最初は「えらいね」とか「強いね」と言っている両親も、我が子の異変に気付く。

そして、ある日、病院で「無痛無感症」であると診断された。

どんな小さな赤ちゃんでも、注射をされれば痛みを感じて泣く。「痛み」というのは黄色信号である。「ころぶと痛いから注意しなさい」「血が出ると痛いから注意しなさい」。

それを成長する中で学習していくから、ころばないように、怪我しないように注意するようになる。

ところが「無痛無感症」の子は、その黄色信号を感じられないため、何度も何度も同じ怪我をする。例えば関節を繰り返し骨折すると関節が変形してしまう。

我が子が「無痛無感症」と分かってから、お母さんは、その子に、

「こうすれば痛いのよ」

「こうすれば血が出るのよ」

「こうすれば骨が折れるのよ」

「……」

と、痛みを教え続けたと言う。

でも、一歳二歳の幼子には通じない。

現在、その子は十四歳。両足首の関節は変形してしまい、車イス生活。それでも普通校へ行き、将来は薬品会社に就職したいそうだ。

「無痛無感症」は痛みを感じない。

普通なら私の年代であれば、体に痛いところもなく、働き盛りで飛び回っているはずなのに、私は年々痛みが増すばかりだ。それは不随運動（自分の意思とは関係なく体が動くこと）による緊張で骨が変形したり、筋肉が突っ張るからである。

両股関節《こかんせつ》・頸椎《けいつい》（首の骨）、肩に腕に腰に痛みを感じる。不随運動がなければ、手術をし

て痛みを取ることが出来る。でも私の場合それが出来ないことが多い。「歩けなくてもいい。思うように手が使えなくてもいいから、痛いのだけはカンニンしてほしい」と、よく思う。

だが、痛みを感じない病気で苦しんでいる人がいる。痛みは「無理してはいけませんよ」という黄色信号であったり、「もう病院へ行かないとダメですよ」という赤信号であったりもする。なのに痛みを感じない。病気になっていても分からないのだ。恐ろしいことである。

こんな病気があることを知って、「痛いのだけはカンニンしてほしい」と思っていた私も少し考えが変わった。

痛みを感じるということは、幸せなことなんだ。

「無痛無感症」にならない限り、私は死ぬまで「痛み」からは解放されないだろう。でも、その痛みを感じることで、私は守られているのだ。だから痛みとも仲良く暮らしていかなければならないと思う。

狸とワンちゃんを訪ねて

今回の旅の目的は二つ。一つは私の使い易い「湯のみ茶碗」と「急須」を探すために信楽に行く。それと母にも沢山の狸さんや、蛙さんなどの置物を見せてあげるためだった。あとの一つは、来年の一月で閉園となる琵琶湖わんわん王国の犬さんたちに会うこと。そのことを母に伝え、せっかくだから父も誘い、四人で行くことに決定。そして日程の打ち合わせをして、当日になったのである。それは二〇〇四年十一月二十日のこと。

私たちは早起きをした。そして、車の中でビールを飲むのを楽しみにしている父のためにクーラーボックスにいっぱいビールを詰め、準備をしていると、母から電話。

「お父さんな、昨日は出かけとって、夕べは遅かってな、まだ起きてへんのやわ。ほんで、もう三人で行こうか」

と言う。

それを聞いて「それなら美山の叔母を誘ってみよう」と思った私。でも急なので「どうかな」と思いながら、夫に頼んで叔母の家へ寄ってもらった。すると、待つことなく叔母は車に乗り込んで来て、嬉しそう。

垣根に植えてある紅白の美しい山茶花《さざんか》が咲く叔母の家を出発したのは午前八時。車は美山町から京北町へ。そして周山街道を走り、高尾のもみじを見ながら、京都の町へ。

夫と私は二度ばかり信楽へ行ったことがあり、二度とも同じコース。なのに宇治で道を間違えた。今回も同じ。夫は首をかしげながら「ワシも学習能力ないなあ」と、ボソっと呟く。

でも何とか信楽へ向かう。宇治田原町では美しい茶畑に目を見張り、信楽へ入ってからは狸さんの大きさや多さに大歓声。

信楽町は高原の町、山々が美しい。駅前の大きな狸さんをバックに記念写真を撮る。

私の目的の一つ、「使い易い湯のみ茶碗」は一軒目のお店で、すぐに見つかった。半額セール中とかで、二個、一八〇〇円！　うれしい。母は私のために小さな猫ちゃんの焼き物を買ってくれた。夫は何時ものようにコーヒーカップを買う。これも半額で、二セットが二二〇〇円。その値段に夫は思わずニッコリ。叔母は買い物なし。でも楽しそうに店内を見て回っていた。夫はここへ来ると必ず植木鉢を買う。でも、一個一〇〇円のものを一〇個と、安物。

だが、もう一つの探し物、私の使い易い急須が見つからない。最初の店にはあったが、高かった。夫が小さな声で「七〇〇〇円」とささやく。母もその声を聞き、すかさず、

「やめときな」

と心配そうに言う。でも夫は探し回り、一つの急須を私に見せる。私は一目で気に入った。

「お母さん、これ一個が一二〇〇円ですよ」

と、自慢げに言う。

七〇〇〇円の急須を見てから、母はしきりに

「近くのスーパーで買うたほうが良いで」

と言っていたが、

「探せばあるもんやなあ」

と、いたく感心していた。

これで信楽での用事は済んだ。次はいよいよ、わんわん王国。

車は一路一号線を琵琶湖へ向かう。夫は前もって電話で場所を聞いていたので、すぐ見つかると思っていたらしいが、それらしき物はなかなか見つけられず、みんなであちこち

わんわん王国にて

見ていると、突然、

「あっ、琵琶湖大橋を渡る料金所だ」

と叫んで、夫は大あわてで車をUターンさせた。わんわん王国は琵琶湖大橋を渡る手前なので、Uターンしたのだ。やっぱり行き過ぎたのか、一つ手前の交差点を左に曲がると、そこにあった。わんわん王国だ！　でも目印も案内も、何もない。


そして入場料が一人、一八〇〇円。「障害者割引」なし。

「これではつぶれる」

と夫は一言。私も同感。それでも、大好きなわんわん達に会えるのが、嬉しかった。

入り口ゲートで、早速いま人気の大型犬ゴールデンレトリバーと記念写真。夫のデジカメでも撮ってもらう。それから、わんちゃんと一緒のお散歩。車椅子の前をわんちゃんが歩く。私は手にわんちゃんを繋ぐ紐をしっかりと握り締め、すごく緊張していた。それが、その時に写してもらった写真を見ると良く分かる。

次は小さなわんちゃん達とのふれあいコーナー。

「優しく抱いてやって下さいね」

と係の女の人が白いわんちゃんを抱かせてくれたが、私の身体は自分の自由にならず、緊張して力が入る。それでも、わんちゃんはおとなしく私の膝の上で抱かれてくれた。そして次々に別のわんちゃんを抱かせてくれる。

「わぁ、嬉しい！」と何度も声を上げた。

そんなわんちゃんたちの中に、私の好きなパグ犬がいた。前に観た『子猫物語』という映画の中に出てくるプー助がパグ犬だ。その映画の主人公は茶トラの子猫で、名前がチャトラン。その相棒がプー助。

人間のように演技をしているのではないのに、すごく名演技だった。それ以来、私はパグ犬の大ファンになったのだ。

「あのパグ、抱きたい！」

突然に私は叫んだ。その声に夫はびっくりして、係の人に頼んでくれたが、人気者、いやいや、人気犬らしく、次々と手が伸びて、私の膝には来なかった。残念だが仕方がない。

そのあと、わんわん劇場や、わんわんレースもあり、わんちゃんたちの自転車乗りやバレーボール。大型犬たちの競走も見た。

守山市のわんわんランドにてゴールデンレトリバーのゆかちゃんと記念写真
(2004年11月20日)

そこに来ている人たちは、大人も子どももすごくいい顔をしている。これぞ、「アニマルセラピー」だ。

楽しい時間は「あっ」と言う間に過ぎて、気が付くとあたりは夕闇が迫り、閉園時間も間近となっていた。心を残しつつ、家路につく。

母が八十四歳、叔母が八十歳。そして体調が悪くなる一方の私。あと何回こうして楽しい旅をすることが出来るだろうか。

私にも母にも、もう時間がない。

研修医

ある大学病院の研修医が、過労のため亡くなった。医学部を卒業して、医師の国家試験に合格して間もなくというから、まだ二十代半ばだろう。

学生時代から「医者は体力がないと出来ない仕事だから」と、スポーツで体を鍛えていたという。

その研修医が、突然に心臓マヒで亡くなった。

病院では「病死である」と診断されたが、どうしても信じられない両親は、勤務状態や、あらゆることを調べて、訴訟を起こし、過労死で「労働災害」と認められた。

そんな新米医師たちの苦闘を「芸術祭参加ドキュメンタリー」として、十一月二日にテレビで放映。それをみて、「研修医の過酷な実態」を知る。

私も、大学病院には長年お世話になっていて、歯科で入院したり、背中の手術でも二回も入院。その間には、多くの研修医の先生にお世話になった。

大学病院に入院すると、主治医の先生に指導を受けている研修医の先生が担当になり、検査や点滴など、ほとんどの仕事を任される。

背中の手術の時は四十日もの入院だったので、本当に研修医の先生にはお世話になった。

一カ月ずつ交替されるらしく、私が入院したのは九月下旬だったため、二人の先生にお世話になった。九月の先生は、明るいひょうきんな先生で、冗談や面白い話をして笑わせて下さったり、辛い検査の時など、

「学生のころは早よう医者になりたい、なりたいと思ったけど、いざ医者になったら大変も大変、ほんま寝る間もないんやで。それにレポートも書かないかんのやけど、書いて行ったら、上の先生に『こんなもんはレポートやない。小学生の作文や。書き直せ』と言

われるし、これじゃ彼女もつくれへんわ」

と愚痴をこぼして、笑わせて下さった。

そして十月に入り手術の直前、別の先生と交替された。十月からの先生は「真面目」を絵に描いたような先生で、いつもいつも疲れきった顔をしておられた。

担当の患者が手術をすると、前日から寝ないで病院におられるようだ。その証拠に真夜中に呼んでも、すぐ来て下さるのだ。

十一時間もかかった大手術だったので、その夜のことは覚えていないけれども、もうろうとする意識の中で、ずっと先生がいて下さっていたような気がしていた。それで翌日、母に聞くと、健康な体じゃないので、のどにタンがつまったりしたら心配だからと、何度も何度も来て下さっていたそうだ。

でも新米の先生は、点滴の針を血管に入れるのが下手。私など体に力が入って動いてしまうので、なお入れにくい。時には四回も五回も針を刺されて、針の先が曲がったこともあった。

ただでさえ手術して、痛くて苦しいのに、点滴まで何度も失敗されては、たまらない。

そこで点滴に来る先生に「一回でいれてや」と言うと、

「うん、入れる入れる。今日は失敗せんからな」

と。ところが、そう言って私がプレッシャーをかけるので、なお入らない。

でも、採血をするのは看護婦さんなのである。その看護婦さんたちは上手で、失敗がない。

わがままな私は、病棟の婦長さんに、点滴の失敗で点点と青あざが出来た両腕を見せ、

「点滴も看護婦さんにしてほしいです」

と言うと、婦長さんは笑って、

「ほんとに、しょうがないね。痛いでしょ。でも、ここは大学病院だから、新米の先生に勉強してもらわなくちゃあいけないから協力してあげてよ」

と言われ、その後、

「だけど、啓子さんは十月だからよかったんよ。四月に入院された患者さんは惨々たるもんで、学生の間に自分たちで注射のうち合いして、練習しときなさいって怒るんやけどね……。ごめんなさいね」

と、今度は申し訳なさそうに続けられた。

そんな思い出がある私は、このドキュメンタリー番組をみて、研修医の先生の本当の大変さを知った。

私がお世話になったのは整形外科だ。それでも本当に大変そうだったのに、テレビでは

救命救急センターへ行った先生の話だった。

次々に重症の患者さんが運ばれて来て、休む間もない。睡眠時間は一〜二時間。そして一カ月の給料は、六万円程度と言う。

過労死をした研修医の両親は「人間の限界を越えている」と怒る。寝る間もなく働いて、「月に六万円」の報酬とは……。

私がお世話になった先生も、「給料は安いし……」と、こぼしておられたが、そんなにひどいとは知らなかった。

大学病院のシステムがそうなっているらしい。私も入院していた時、患者の立場からみても「ヘンやなあ」と思うことが多くあった。たとえば週に一度「教授回診」というのがある。テレビドラマのシーンでもあるが、教授を先頭に大勢の先生がゾロゾロと……。あれである。それが朝の九時からだ。朝食は八時半。病人がそんなに早く食べられない。すると、看護婦さんが「食事は後にして下さいね」と横へ片付けられてしまう。

入院していると食欲もないのに、時間通り運ばれて来る食事に追いまわされている気がする時があるけれども、食事は薬なのだ。いつも点検されて、カルテに書かれる。

なのに教授回診の時は後回しにされる。食事をしていると教授先生に失礼になるのか。と、いろいろ考えた末、また、

「教授回診って、誰のためにあるんですか」

と、婦長さんに聞いてみたら、返事に困って笑っておられた。私は納得いかないことは聞きたい性格で、婦長さんを困らせたり、研修医の先生は点滴が下手だと言ったり、悪い患者だったので、研修医の先生には悪いことをしたと思う。

その研修医の先生も一年過ぎると、医師として他の病院へ行き、三年もすれば、立派なお医者様。

でも、かっこ良く見える医者という職業も本当に大変なのだ。医学部を卒業して、これからという若者が「過労死」なんて。恋愛や結婚もして子どもも残したかっただろうに。こんなことがあっていいのか。

残された両親もたまらないだろう。

一冊の本

二〇〇四年の八月はじめ、一冊の本が届いた。

著者は大川孝次さん。題名は『奇跡はあなたの中にある』、帯には「俺は酔っ払い運転で、老人をひき殺してしまった」とあった。

大川さんは、私が一冊目の本『四角い空』を出版した時に、葉書で注文して下さった方だ。その葉書によると、「名古屋から京都に来たばかりで、アルコール依存症者・薬物依存症者の回復施設を立ち上げました」とあったので、私はてっきり「名古屋の福祉大を卒業されて、京都に来られた若い方だ」と思っていた。

その後、『四角い空』を読んでいただいたのをきっかけに年賀状を下さるようになったのだが、その年賀状もいつの間にか途切れてしまった。

そして、『四角い空』を出版してから十年が経ち、私は『四角い空』の第二集『真心つむいで』を出版したのだ。

この『真心つむいで』は『四角い空』を読んで下さった方へのお礼の思いを込めて書いた本なので、もちろん大川さんにもお送りしたのだ。それをとても喜んで下さって、「出版祝に」と花束までいただいた。

それから、アルコール依存症者・薬物依存症者の回復施設「マック」の機関紙を送って下さるようになり、大川さんのお仕事が少しだけ分かり始めた。

ところが二〇〇二年十二月末、突然に「退職して名古屋へ帰る」との知らせに、びっくり。大川さんは若い方だとばかり思っていた私は、勝手に計算をして、「まだ三十代半ばだと思うのに体でも悪くされて退職されるのだろうか」と心配になったが、何か聞くのも失礼な気がして聞けなかった。

半年後、また突然に、名古屋名物の「ういろ」を送っていただく。そして「定年退職をしましたので、今までお世話になったお礼です」とのお手紙が添えてあった。

またまた私は、びっくり。

それから一年あまりが経ち、『奇跡はあなたの中にある』を送っていただいたのだ。

まず帯に書いてある言葉に衝撃を受け、頁を開く。そして内容に引き込まれ、全てを読み終えるのに、時間はかからなかった。

大川さん自身、アルコール依存症だったのだ。そのうえ本の帯に書いてあるように飲酒運転で人をひき殺し、それでも飲酒がやめられず、刑務所へ。そんな人生のどん底から立ち直り、アルコール依存症者・薬物依存症者の回復施設の職員になられたのだ。

まったく私の知らない世界の話であった。

昔はアルコール中毒。それを略して「アル中」と言われ、いいイメージではなかった。

でも現在では「アルコール依存症」と言われるようになり、完全な病気とされている。病気なら治る。が、これを完治させるには途方もない忍耐力が要る。

『四角い空』の読者の方でもう一人「断酒会」に入って頑張っておられる方がある。それに私の周りにもお酒がやめられず、悲惨な人生をおくっている人がある。

大川さんは立派だ。本を読んで「映画かテレビドラマか小説にしたいような人生だ」と思った。

大川さんは、あの有名な故石原裕次郎と同い年だそうだ。「例え年が同じでも、何一つ裕次郎に勝てるものはなかったが、アルコール依存症の人に夢を与え、立ち直らせ、幸せな人生を送らせることが出来るのだから、あの裕次郎に勝てたと思う」と、本のまえがきに書いておられる。その通りだと、私も思う。

大川さんの人生はすばらしい。

そして、その本の中に私の『四角い空』のことも紹介して下さっている。

名古屋に帰られてからは、「次世代を担う子どもたちのためにアドバイザーとして活躍しておられる」と経歴紹介の中に書いてあった。

「どうか大川さん、これからもお元気で、頑張って下さい。私も頑張ります」と心からエールをおくりたい。

新潟からのお客様

秋子さんからＦＡＸが届いた。

「今、母から電話があり、『なかなか兄が迎えに来てくれないので、電話したけど誰も出ない』と言うので『もうお母さんの所に向かって出たんじゃあないの』と言うと『あっ来た来た』と言って、一方的に電話を切ったんですよ。こんなわがままな母ですが、明後日のお昼過ぎにはお伺いしますので、よろしくお願いします」との内容だった。

秋子さんとは、『真心つむいで』に「二百通目の手紙」で登場して下さった栗原秋子さんのことだ。秋子さんのお母さんは、新潟にお一人で住んでおられる。お母さんも秋子さんと同様、十年前に私が書いた『四角い空』のファンでいてくださる。そのお母さんが私に会いに来て下さると言う。

十年目にして、やっと書けた『真心つむいで』を、秋子さんが送って下さったそうだ。

その本を「何度も何度も読み返している」と書いたお手紙を頂いたのは、つい最近のことである。

それから間もなく秋子さんよりお手紙があり「兄が仕事の都合で休暇が取れたので、母を京都へ連れて来てくれると言うのです。それで母は、京都へ行けるなら行って見たい所があると言うので、どこかと思ったら、なんと啓子さんに会いたいと言うんですよ」と書いてあった。

私は胸が熱くなり何とも言えず、涙が出そうになった。

今年の冬は殊《こと》の外《ほか》雪が多く、二月初めに北国からの旅は大変だろう。

そんな手紙が秋子さんから届いた数日後、近所の人が来られて、「新潟へ転勤した息子に会いに行ってきたんやけど、和知の雪は雪やないで！　新潟は何メートルも積もっていてびっくりしたわ」と、話して下さった。

そんな新潟から、私に会いに来て下さる。こんな嬉しいことはない。

私も夫も、その日のためにいろいろ考えた。夫は木の枝をもらってきて杖を作り、その杖に「秋子さんのお母さんへ　啓子」と文字を刻んだり、手作りの本をプレゼントするんだと張り切っていた。

いよいよ当日。その日は節分だった。秋子さんからは「お昼を食べて、二時頃に」との連絡があった。

秋子さんのお母さんは、私の母と同い年。

そんなことで母にもぜひ会いたいとのこと、母もお会いするのを楽しみに、「ちょっと早かったやろか？」と一時前にやって来た。母が居間へ入るか入らないかで「ピンポン」とチャイムが鳴った。母は急いで玄関へ。秋子さんのご主人だった。

「ちょっと早いですが、いいですか？　皆は車で待っとるんです」

「どうぞどうぞ！　待ってたんです」

私も夫も急いで玄関へ行くと、秋子さんとお母さんが車を降りて来られた。

お母さんは家に入るなり、

「はじめまして。今日は大勢で押しかけて」と丁寧に挨拶をして下さった。

ところが私は初めてお会いする方とは思えず、もう何度もお会いしているような不思議な感じがした。もちろん秋子さんご夫婦と雄《たけし》くんには何度もお会いしているので、そのせいだろうか。

今回は、秋子さんご夫婦、雄くん、そしてお母さんとお兄さん、五人で来てくださった。

秋子さんのお母さんも私の母も八十歳。

「お若いですね」

「お元気でいいですね」

と、お互いを褒め合っている。

秋子さんのご主人はパソコンの先生なのでパソコンの調子を聞いて教えてくださったり、新潟の話、和知の話、いろいろな話が飛び交い、楽しい時間は惜しいほど早く過ぎてしまう。

時計の針が三時を指そうとした時、秋子さんのお母さんは母に、

「私は独り暮らしじゃけど、今は幸せじゃから、一日でも長生きしたいと思うんで、あんたさんも長生きしてくださいね。お互い元気で歳をとりましょう」

と言いながら手を握り合い、二人は誓い合った。

そうであって欲しいと願いながら、みんなが二人の母を見ていると、

「私の言いたいことは全部言った。三時も過ぎたし、帰るにも時間がかかるから、秋子やもう帰るよ」

と言われた。

その一言で、しんみりと聞いていたみんなは大笑いとなった。

宇治のご自宅へ帰り着かれたのは六時半だったと、秋子さんからお電話をいただいた。

二日後に秋子さんのお母さんは新潟へ帰られ、さらにその二日後にはお手紙が届いた。

お手紙には「この度は永い間あこがれていた啓子さんにお目にかかれて幸せでした。ご

主人さまにいただいたご本は、これからのなによりの慰めになります。二人の子どもが親孝行をしてくれて、本当に極楽でした」と、あった。

私も、とても嬉しいひと時がもて「本当にありがとうございました」と、心からお礼が言いたい。

母にとっても、秋子さんのお母さんと、八十歳になって新しい出会いを持てたのだ。同じ時代に、それぞれの人生を生きて来た二人の母。

あの日の約束通り「一日でも元気で、長生きしてくれるといいなあ」と心の底から願っている。

友だち

「友だち」と言えば、同年代とイメージする。でも私には、小学生の子どもさんから八十歳代、九十歳代の方に至るまでお手紙をいただく。だからお手紙を下さる方は全て「お友だち」と思っている。

けれども、中には「私は、啓子さんに友だちなんて思われたらイヤやわ」と思われる方もおられるかも知れない。

ところが、八十四歳の方からお手紙をいただく度に「啓子さんとお友だちになれて嬉しい限りです」と書いて下さる方がある。

それは新潟にお住まいの、野内美代さんだ。

この方は、一九九〇年に一冊目の本を出版して以来、ずっと文通が続いている栗原秋子さんのお母様である。そして秋子さんと同様にお手紙を下さるのだ。

秋子さんは新潟から京都の宇治へお嫁に。お母様は新潟で一人暮らしをしておられる。それで時々新潟から宇治の秋子さん宅へ来られるのだ。

三年前にも来られて、「京都へ行けるなら行って見たい所がある」と言われて、どこかと思って秋子さんが聞かれたら、「なんと啓子さんに会いたいと言うんですよ」とのことで、和知まで私に会いに来て下さった。

そして今年二〇〇四年四月三十日、再会がかなったのである。

「三年前から宇治には行ってないので、ゴールデンウイークに連れて行ってやろう」と秋子さんのお兄さんが言われて、実現したそうだ。

お母様は今回もまた、私に会いたいと言って、我が家へ来て下さった。

お母様は最初、「前回は啓子さん宅へお邪魔したので、今回は宇治へ来てもらおう」と言って下さったそうだが、家を引っ越してから一度も秋子さんに見ていただいていなかったので、我が家へ来ていただくことにした。

当日は前回と同じく、秋子さんご夫妻とご長男の雄君《たけし》。そしてお母様と秋子さんのお兄さんの五人で来て下さった。

約束はお昼過ぎ。母も来て、待っているとチャイムが鳴った。急いで玄関へ出る。そこには懐かしい五人の方のお顔。お母様は三年振りなのに、少しもお変わりなくお元気そうで、玄関へ入るなり、

「また大勢でお邪魔します」

と言って、握手をして下さった。私は胸が熱くなり何とも言えず、涙が出そうになった。

それから居間に入っていただいて、いろいろ話をしたり、家を見ていただいたり。

お母様は前日にお兄さんの運転される車で新潟から来られて、我が家に来て下さったのは翌日だった。新潟から宇治までは六～七時間はかかるという。そんな遠出された次の日に、また和知まで。疲れておられないだろうかと私は心配だった。

そこで母が、

「遠出されて、お疲れになったでしょう？」

と聞くと、

「私は車に乗るのが大好きじゃから、少しも疲れません」

と、お母様。

「お元気でいいですね。私は高血圧で、心臓も肝臓も腎臓も弱ってて、遠出なんかしたら疲れて疲れて、どうしようもないんです」

と、母が顔をしかめて言うと、

「そうですか？　でも、お若くて、お元気そうに見えますよ」

と、お互いを褒め合って、八十四歳で同い年の母二人も、話は尽きない。

そんな楽しい時間は過ぎるのが速く、お別れの時間になってしまった。お母様は母に、

「子どもたちは本当によくしてくれて、私は幸せじゃから、一日でも長生きしたいと思うんで、あんたさんも長生きして下さいね。お互い、一日でも元気でいられるよう、頑張りましょう」

と言い、三年振りに元気に再会できたことを喜び合い、二人は再び誓い合った。

宇治のご自宅へ帰り着かれたのは七時半だったと、秋子さんからお電話をいただいた。

そして五月三日に秋子さんのお母さんはお兄さんの運転されるお車で新潟へ帰られ、さらにその二日後には早速お手紙が届いた。

お手紙には「この度はまた啓子さんやお母さん、そしてご主人と再会できて、本当に嬉しかったです。二人の子どもが親孝行をしてくれて、本当に極楽で、幸せでした。私は啓子さんとお友だちになれて心から嬉しく思っています。これからも宜しくお願いします」と、あった。

そして、数日後には秋子さんからお手紙をいただき、「母から手紙が来て『啓子さんとお友だちになれて嬉しい』と書いてありました。世代を超えて、お友だちになっていただいて、とても喜んでいますので、これからも宜しくお願いします」と、書いてあった。

母と同い年の方に、こんなふうに言っていただくなんて、本当に光栄である。お願いしなければならないのは、私のほうだ。

今度いつ会えるだろうか。

これからも機会があれば、何度でもお会いできることを私は心から願っている。

だじゃれ

母と叔母と四人で遊びに行った時のこと。

「叔母ちゃん、アホなんか？」

突然、隣で運転している夫が、後ろの座席の叔母に聞いた。

一瞬、車内が凍りついたようになり、私もびっくりして、「いくらなんでも言っていいことと悪いことがあるやろ」と思い、夫の横顔を見た。夫はいつものようにニコニコ顔で運転している。

しばらくして叔母が答えた。

「アホやないで」

すると夫は、

「えらなかったら、アホやないんか」

と、また笑顔で言い返す。

夫は九州育ち。五十歳近くで大阪へ来た。そして今は京都の山奥暮らし。

母が「しょうもない」と口癖に言うほど駄洒落が好きだ。

私は夫と一緒に生活するようになって八年近くになるが、その駄洒落のお陰で九州の言葉も沢山覚えた。

叔母に「叔母ちゃん、アホなんか？」と夫が聞いた時、一瞬、凍りついた私だったが、突然にこみ上げてくる笑いをこらえきれず、声をあげて笑った。

その駄洒落もおかしかったが、それ以上に夫の駄洒落に気がつかず一瞬「いくらなんでも言っていいことと悪いことがあるやろ」と思った自分がおかしくてたまらなかったのだ。

九州では賢い人のことを「エライ人」と言うのだ。大阪ではその反対の人を「アホ」と言う。「えらなかったら、アホやないんか」の駄洒落には、九州と大阪と和知の方言が入り混じっていたのだ。

この駄洒落は私が叔母の体を心配して「叔母ちゃん、えらいか？」の問いに始まったのだ。

私は後ろの座席にいる叔母が心配で、そう声をかけた。

「ありがとう。大丈夫、えらないで」と、叔母。

あまり遠くへ出かけることがない叔母が何か気になり、私は念をおすように、もう一度

「本当に、えらないか」と、重ねて聞く。

「ほんまに、えらないで」と、叔母は答えた。

この会話を聞いていた夫が考えた駄洒落なのだ。

私は叔母と隣の母に説明した。母は「しょうもない」と笑った。

私の説明を聞いた叔母は、笑いながら夫に、

「えらないけど、アホやないで」と。

するとと夫は平気な顔で、

「なんや、普通の人か」

と言ったので、またまた大笑いになった。

私が夫と知り会った頃、夫が初めて話した駄洒落も母を怒らせた。

一緒にテレビを見ていた母が夫に言った。「紬の着物、良いなあ」と。すると夫は、「映画監督の大島さん知ってるでしょ。あの人も紬が好きだそうですよ」と、すまし顔で言う。

母は真顔で「本当?」と聞くと、

「ほら、大島紬と言うでしょ」

と、また同じ顔をして言った。

真剣に聞いていた母は「しょうもない」と怒っていた。

その時も、私は笑い転げた。

また、ある時、母を相手にこんな小話をした。

「お母さん、京都の人は話がわからんねえ」

と言う。母が、

「どうして？」と聞くと、

「私が京都で運送のアルバイトをしていたでしょう。荷物を配達に行くと、こんな小さな箱なのに、『大きい荷？』と聞くんですよ。私はいいえこんな小さな箱ですと言って見せても、おおきにと言うんです」

と、真面目な顔をして話している。

横で聞いていた私は、口に入れたコーヒーを噴出してしまった。母は急いで布巾を手にしながら「しょうもない」と怒った顔で言った。

中には出来の悪いのもあるが、私は夫の駄洒落には「よくこんなことが思いつくなあ」と感心する。夫は駄洒落の天才だ。

わんにゃんフェスティバル

二〇〇五年三月十八日の朝、新聞で「わんにゃんフェスティバル、開催」という広告を見る。

「わぁ、これ、行きたい！」

大声で夫に言う。別の部屋にいた夫は私の声に驚いて、見に来た。

「これっ、これっ、これっ！」

と言って、新聞を見せたが、返事はなかった。

そのわんにゃんフェスティバルは、京都のみやこめっせで行われ、十九・二十・二十一日の三日間限りとあった。二十日は春分の日。その振り替え休日で二十一日もお休み。十九日の土曜日を合わせると、三連休となる。

夫が返事をしなかったのは「そんな連休に京都市内に出かけても、人・人・人で疲れるだけや」と思ったのだろう。

十九日の初日、

「今日からわんにゃんフェスティバルが始まるなあ。行きたいなあ」

と、私は夫の前で独り言のように言う。また返事はなかった。

次の日、再び、

「わんにゃんフェスティバルも今日で二日目や。行きたいなあ」

と、午前と午後と二回言うと、

「だったら明日、行こうか」

と、夫が言ってくれた。

当日は九時半頃に家を出て、会場近くの市営駐車場に着いたのが十一時過ぎ。ちょっと早い昼食を済ませて、会場へと急ぐ。会場近くの植え込みに、一匹のニャンコを発見。

「あっ、脱走ニャンコだ！」

夫が叫んだ。

会場はビルの四階。「どんなニャンコとワンコに会えるだろうか」と思うと、私は嬉しくて、ワクワクしながらエレベーターに乗る。

最初に迎えてくれたのが、ピレネー山脈で羊追いをして働いているという、ピレネー犬だった。真っ白で、とても大きなピレネー犬は、車椅子に座っている私の顔に鼻を近づけて、挨拶をしてくれた。

私はムツゴロウさんこと畑正憲氏のファンで、二十年ほど前には北海道の「ムツゴロウ動物王国」のことが、よくテレビで紹介されていた。その中で、このピレネー犬を初めて知って、大ファンになり、「こんなワンちゃんと暮らしてみたい」と思ったものである。

そんなことを思い出しながら、「世界の名犬と愛猫展示コーナー」へと行く。

そこには、ヒマラヤン、ペルシャ、アメリカンショートヘアーなどの猫。そしてプードルなどの小型犬に、ハスキーや、シェパードなどの大型犬がいた。普段はテレビでしか見られないようなニャンコとワンコが多かった。

それが目の前で見られるのだ。私は嬉しくてたまらない。でも展示してあるのだから、みんな小さなケージに入れられて「絶対に手でふれないで下さい」と注意書きがしてある。残念！

そして展示場では、入れ替わり立ち代わり人が見に来る。当然ながらペット同伴の人も多いので、少し吠えてるワンコもいたが、ニャンコのおとなしいこと。犬はしつけられるだろうけれども、臆病で、人見知りの激しい猫を、どうしてここまでしつけられるのかと不思議でならなかった。私は何かかわいそうになって、その場は早く切り上げた。

次は盲導犬、介助犬のコーナー。そこで、迎えてくれたのが、真っ黒なラブラドールの介助犬ジョニーくん。私が行くと、最初のピレネー犬と同じように顔を近寄せて挨拶をしてくれた。そして係のお姉さんが私の車椅子の高さに合わせてしゃがみ込まれると、ジョニーくんはお姉さんの前で寝転び、お腹を見せた。これは「絶対服従の姿勢」である。私は嬉しくてたまらなかった。そんな私を見て「犬が好きですか」と、お姉さん。

「はい。大好きです」と言うと、

「だったらジョニーくんと散歩をしてみませんか」

と言って下さったので、思わず私は「したーい！」と叫んだ。それで決定。

ジョニーくんのリード（引き綱）を私が持って、車椅子をお姉さんが押して下さり、会場を散歩した。ジョニーくんは私の左側にぴったりと寄り添い、歩いてくれた。

七分弱の散歩だったが、元の場所に戻ってきても、そこを私はなかなか去れなかった。

すると「猫ちゃんと自由にふれあえる時間です」との放送が流れた。私には聞き逃せない放送で、急いで行くと、もう長い列が出来ていた。

ここでは、いろいろな猫が何匹もいて、気に入ったニャンコを抱いて遊べるのだ。私も列に入り、

「私は、あのニャンコがいい。このニャンコもいい」

と夫に言っている間に、私の番になる。でも私は自由に近寄れないので、係の人が「どの子がいいですか」と聞いて、私が選んだニャンコを抱かせてくれる。最初はおとなしそうなニャンコを選ぶ。思った通り、おとなしく私の膝に抱かれてくれた。毛の長い茶色のニャンコちゃんだった。

力を入れてはいけないと思うほど、手や体に力が入ってしまう私。それでも我慢して、

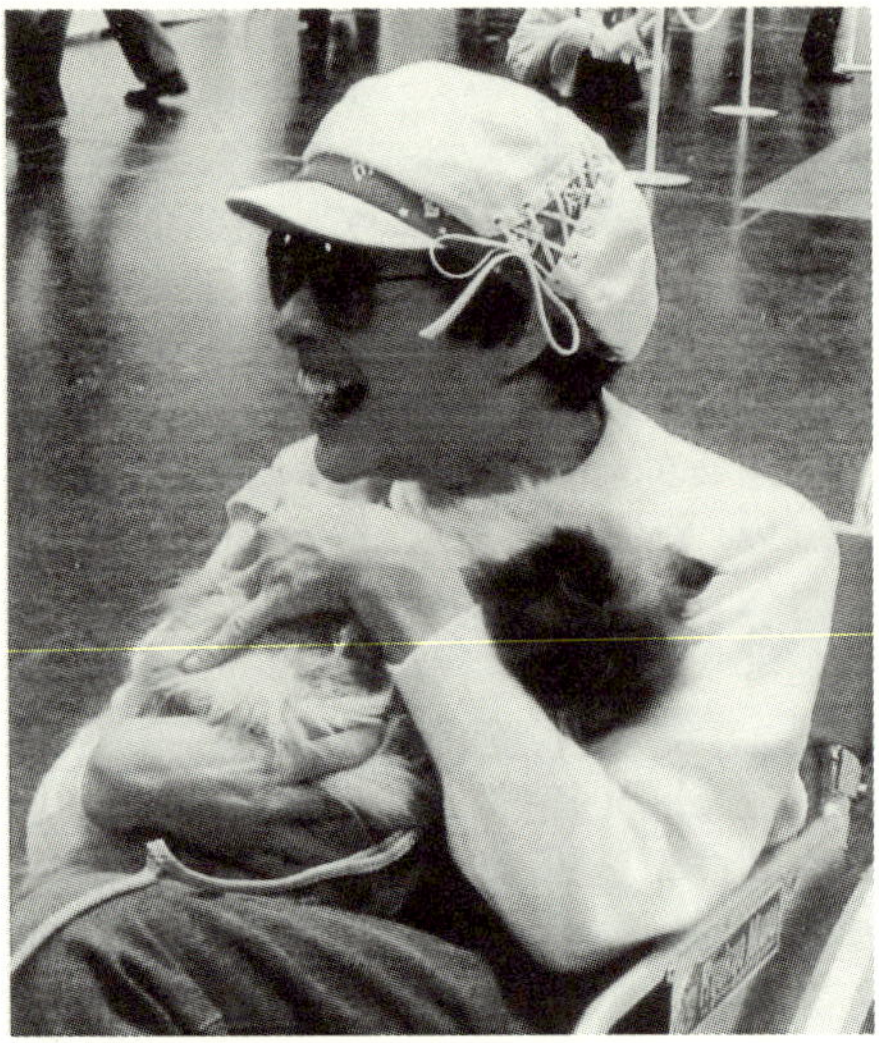
毛の長い茶色のニャンコを抱く

じっとしていてくれた。ニャンコの温もりが膝に伝わって来る。生きたニャンコにさわった手ざわり。何とも言えず、好きだ。

しばらくすると係の人が、別のニャンコちゃんを連れて来てくれた。そのニャンコちゃんは顔の模様が前に飼っていたニャンコに似ていて、とても懐かしく思えた。

二〜三分すると係の人が、また別のニャンコちゃんを連れて来てくれて、

「この子は、ちょっとヤンチャなんですけど、いいですか」

と聞かれたので、喜んで手で受けた。なるほど「スキあらば逃げてやる」と言っているような目つきをして、やわらかい体を硬くしていたが、それでも我慢して抱かれていてくれた。もう満足、満足で、私にとって何と幸せな時であっただろうか。

その後、三十分ほどして、次はワンちゃんとふれあえる時間になった。私はシーズー犬を抱かせてもらった。シーズーは本当におとなしく、いつまでも抱かれていてくれた。

幼いころの私の友達は猫と犬だった。それが、いま住んでいる町営住宅では、動物とは暮らせない。でも私は、いつも「もう一度、ニャンコと暮らしたい」「もう一度、ワンコと暮らしてみたい」と言い続けている。そんな私にとって、この日は楽しい楽しい一日であった。

ありがとう、ニャンコちゃんたち。

ありがとう、ワンちゃんたち。

そして、夫に心から「ありがとう」と言った。

パンダを訪ねて

母が我が家に来て言った。

「お父さんがな、啓子たちを旅行に連れて行ってやろう、と言ってる。どうする？」

私はびっくりした。父の方からそんなことを言って来るのは初めてだった。私の付き添いをして、何度かの旅行はあったけれど、それは仕方がないから、一緒に行ってやるというような旅行ばかりであった。

「いつ頃の話？」

と聞くと、六月頃はどうだろうと言っていると言う。行き先は南紀白浜で、私の好きな動物達の居るアドベンチャーワールドがあり、生まれたばかりのパンダがいる。それを見せたいと言っていると言う。

父は昔から旅が好きだった。一人で何処へでも行った。だが私や母を連れて行ってくれたことは無かった。そんな父が私は嫌いだったのだ。だが、私は結婚して父母の元を離れてみると、父への思いが少し変わってきた。父の方も老いるに従い、少し変わってきたように思う。そんな折の旅行の誘いであった。私は暑いのは苦手なので、早く行きたいと言い、それは直ぐに決まった。車は夫が運転し、三月の二十一日、日曜の朝早く和知を出発した。

ルートは亀岡から大阪の茨木市へ出て近畿道、阪南道を通り、南紀白浜へ向かう。車の中では父の独り言が面白かった。それは父の癖なのだ。

独り善がり？の父は、自分勝手なことばかり言う。私は夫と顔を見合わせ笑う。また父は霊場めぐりが好きだ。特に最近はお寺さんばかり行っている。

茨木市に入るとすぐ、

「一つお寺さんに寄って行くから」

と、夫に言った。その寺に着くと、

「ちょっと待っていてくれ」

と言って、さっさと車から降り、一人で行ってしまった。夫は苦笑して、

「せっかくここまで来て、皆でお参りしたらいいのに」

とびっくりしていた。五分も経たずに父は戻ってきて、

「もう済んだ。さあ行こう」

と車に乗り込んできた。

父は若い頃大阪に住んだことがある。といっても、六〇年も前の話。その頃が懐かしいらしく、母に頻《しき》りと思い出話をしている。この寺もその一つらしく、一つの塔を指差し、昔話をしていた。夫は不思議そうに私の方を向き、首を振って笑う。私も吹き出してしまう。

三段壁で楽しさいっぱいの母と娘

車は早、和歌山県に入ったようだ。しばらくは蜜柑畑が続き、やがてそれが梅林に変わった。

お昼前には白浜に着いた。父が言うには、二時迄にはホテルに入りたいとのこと、それまでに千畳岩や三段壁を見て回ることにした。

太平洋の荒波が打ち寄せる海岸は荒々しく広がり、怖がりの私には、長く居たい所ではなかった。でも怖いもの見たさで、高い崖を覗き込んだ。そして、父母との記念写真。

二時少し前ホテルに着く。

大きなホテルだった。

「ホテル古賀の井」ここが今晩の宿。二時に入るのには訳があった。父が私のために、車椅子で入れるお風呂を、貸切予約していてくれたのだ。その時間が二時半から三時半まで。さっそく皆で、「貸切の風呂」へ行く。

それは大きな風呂だった。専用の車椅子があり、それに乗り換えて、スロープの付いた浴槽の中へ入って行くのだ。私も夫も大喜びで風呂を楽しんだ。そこには露天風呂も付いていて、私は夫に抱かれてその風呂へも入った。私たちが露天風呂に入っている間に、父も母ももう上がっていて居なく、もう一度、車椅子に乗り換え、二人でゆっくり湯に浸かった。

父の風呂はいつもそうで、俗に言う「からすの行水」だ。そのくせ、あちこちの風呂場めぐりをする。そして、上がってきては、寒い寒いと言っている。夫が父に言った。

「お父さんのはお風呂じゃなくて、お風呂見物だから寒いんですよ」

と、私もそう思った。

夕食はバイキング。父は良く食べる。よく働く。ここでもそうだった。でも少し違うのは、母の分にまで気を配り、これが良い、これがうまいと気配りをしている。家では見たことも無い父の姿だった。

夜はいつもの父、早くから寝る。九時過ぎには高いびきで寝ていた。その代わり朝は早い。二十二日の朝は五時前には起きていたらしい。私たちが起きた時には、一風呂も二風呂も浴びたと言っていた。

今日はパンダに会える。しかし、外は雨、生憎の天気になった。九時半にホテルを出発し、アドベンチャーワールドへ向かう。

父が入場券を買う間、夫は、一人三五〇〇円だから四人で……と計算している。「高い」と一言。私と父と母は割引があったが、それでも一万円以上は払って入場した。

目的はパンダの親子、そこへ行こうとする私と夫を、父は強引にペンギン舎の方へ引っ張った。夫は「パンダの入り口まで来たのに何で」と渋々父に従う。

ペンギンさんたちは沢山いた。お行儀良く並んで私たちを迎えてくれた。

「かわいい」

と動物好きの私は大喜び。母もうれしそうに見ていた。

「次は白熊さん」と、父は先に立つ。私と母が近寄ると、何と、私たちに向かって泳いで来た。

「啓子さん、今日は良くいらっしゃいました」

というように近づいてくれたのだ。私と母はまたまた大喜び。夫は専属カメラマンになり、この時とばかりカメラを向ける。だがパンダからは遠ざかるばかり。父も少し気が引けたのか、パンダ舎への道を聞きながら私たちの先頭に立って行く。

ようやくパンダに会えた。その二頭の子パンダは、母親の近くの木に登り、仲良く遊んでいた。「かわいい」私と夫は思わず眼を合わす。そのうち、一頭の子パンダが木から下りてきて、母親の肩から頭へと登り始めた。ところがどうしたはずみか、突然頭から落ちた。私は思わず「痛い」と声を出していた。ところが、母親の方は知らん顔で竹をかじっている。落ちた子パンダは母親のそばを離れ背中を向けて座り込んでしまった。夫は私に「すねてる。すねてる」と笑いかける。きっと痛かったんだと私は思った。私は何時までも見て居たかったけど、父が呼びに来て、サファリーを見に行こうという。無料で乗れるバスが出るらしい。

そのバスは、定期に発車するようで、しばらく待つと発車した。園内は放し飼いのトラやライオンがいたが、みんな寒そうにしていた。マイクでは、動物の保護を呼びかけていたが、私は何か違う気がして楽しめなかった。アルバムではトラや熊が大きく写っているが、それはパソコンの仕業。みんな近くには居ない。

それから、念願の大観覧車に乗ることが出来た。係の人に聞いたら、専用のシートがあるとのこと。何分か待つと、そのシートが降りてきた。係の人はマイクを取り、一旦止ま

整列のワンちゃんたちと

ることをアナウンスし、私たちを乗せてくれた。今までは断られてばかりで、乗せてもらえなかった。私は一つの夢が叶い嬉しくて感激した。眼下に白浜海岸が見え、南紀白浜空港が見え、見てきた動物たちがアリのように見えた。天にも上る気持ちとは本当にこのことだろう。降りたら父が待っていて、犬を見に行こうと言う。夫は今降りた観覧車を見上げ、何枚かの写真を撮った。

この犬さんたちも私の気に入った。私は犬も猫も大好きなのだ。そしてその犬さんたちと記念写真を撮ることとなった。私と夫は礼儀正しく並んでいる犬さんたちの後ろに並び、係の人に撮ってもらう。うれしい記念写真が出来た。それから犬の好きな友人のため、小さなキーホルダーを買った。

いつでもそうだが、楽しい時は早く過ぎ、父の「さあ、帰ろうか」の言葉にせかされて家路につく。

帰り道、夫は来た時と違うバイパスを走った。この道は、昨日父が「あの道は遠回り。わしは通ったことは無いけど知っとる」と言って通らなかった道で、「でも、お父さん。バイパスやから近道やないの」と夫が言うと、「いや、あの道は駅前の方へ回るから遠回りや」と父は言った。夫は平気な顔でバイパスを走り、元の国道へ出た。駅前は通らなかった。父は知らん顔をしていたが、国道へ出るとき、少し信号待ちになると「このバイパスはここで時間が掛かるからわしは通らん」と大きな声で言った。私と夫はまたまた大笑いした。何とも楽しい父だ。

車は大阪の茨木市で一般道へ降りた。しばらく走ると、南茨木駅と書かれた大きな駅があった。私ははっきりとその駅名を見ていたが、父は気づかなかったのか、母に大きな声で言う。「ここは西茨木駅いうてな、わしは昔来たことがある」。私は夫に「さっき見たら南て書いてあったよ」と言うと、夫は「六十年も経つと西と南は入れ替わるよ」だって。そうかもしれないとまたまた二人で大笑い。

こんな父である。でも今回の旅行は予約から計画まで全て父がしてくれた。

私には初めての父と母との楽しい旅であった。この旅行記を書きながら、アルバムを見ては、この旅をプレゼントしてくれた父に感謝している。

真心ネコちゃん展

私は歩くことも話すことも出来ず、おまけに手も不自由な重度障害者。幼い時、兄やいとこたち、近所のお姉ちゃん、お兄ちゃんたちみんなに遊んでもらった。でも、本当の遊び相手になってくれたのは、我が家の猫と犬。

猫は無理に遊ぼうとすると、気が向かない時は、噛むわ引っ掻くわで、私の小さな手は生傷が絶えず、それでも怖いとか嫌いと思ったことはなかったが、犬は優しい友だった。

十代になっても猫や犬は大切な友、そんな時、本で猫や犬の習性を知り「ああそうだったのか」と思った。

私は動物が大好き人間。中でも自分勝手な猫は何とも好きである。毎日何もしないで猫と遊んでいたいと思ったものである。でも、それでは私が障害を背負い生まれ、家族みんなが苦労して生きてきた意味もなく、何も残らない。

そこで私は何とか「生きた証」を残したくて、かろうじて動く左手の中指一本でワープロを打ち、本を自費出版した。

それは二十年余り前のこと。私が生まれて三十八年間の記録であった。

その本は非売品として出し、それまでお世話になった方々に貰って頂くつもりだったが、印刷会社の意向で販売することになってしまったのである。

そのことが京都新聞をはじめ、全国紙の記事となり、その後はまさに戦争のような忙しさであった。

私と母は寝る間もなく、電話の応対や、本の発送に忙殺された。

それから間もなくお手紙やプレゼントが届き始め、私はお返事やお礼の手紙書きに追われた。

その本の中に猫のことを書いた作文がいくつかあって、私は「猫大好き人間である」と書いた。そのため、プレゼントは猫の置物から始まって、ぬいぐるみ、タオルにハンカチ、絵画や写真など、そして、お手紙には猫の便せんに葉書。それに、猫はいないが、干支の押し絵を十二年間贈り続けて下さった方もあった。

その他、書ききれないほどの真心を頂き、現在も頂き続けている。

その後、私は結婚した。我が家には夫の作ってくれた人形棚がたくさんある。それらにはお人形や置物が一杯だ。一度その数を数えた夫が「五百以上あるね」と呆れ顔で言ったことがある。

中でも猫ちゃんに関する物が半数以上で、二十数年の間に、こんなにも沢山の真心を頂いた。その一つ一つに思い出があり、懐かしんで眺めていると、本当に心を和ませてくれる何よりの宝物だ。

全国の方々から贈って頂いた「真心猫ちゃん」だ。

いつも「我が家で私一人が眺めさせてもらっているのは勿体ないなあ。何とか皆さんに見てもらえる方法はないのか」と思っていた。

そこで夫に「真心ネコちゃん展を開けないだろうか。それも、私が生まれ育ったこの町で」と協力を求めたのだ。

それから二人で会場探しを始めたが、どこも帯に短し襷《たすき》に長しで、町内でするのは諦めるしかないと思って、半年近くの時が流れた。

そんなある日、夫が昼食を食べようと偶然に入ったお店で、注文の料理が出てくる間に店内を見て回り、「ここなら真心ネコちゃん展が出来るかも知れない」と思ったそうだ。

家に帰った夫が「ネコちゃん展が出来そうなお店があったけど、引き受けてもらえるかどうか分からん」と言うのである。

私は「駄目で元々」という思いで、次の日連れて行ってもらった。

そこは和食の小さなレストラン。オーナーの佐藤さんに会う。車椅子で言語障害の重い私を前に、佐藤さんは快く話を聞いてくださって、私たちの申し出を受けて下さった。話はとんとん拍子に決まり、私の希望通り平成二十三年十二月から二十四年一月末までの二カ月間という長きにわたり、場所をお借りすることが出来た。

ネコちゃん展オープン

「真心ネコちゃん展」の準備期間は余りなく、夫も私も準備に追われた。十二月の初め、車に積み込んだネコちゃんを会場に持ち込む。レイアウトは夫の仕事。またたく間に小さなネコちゃんの世界が出来あがった。

オーナーの佐藤さんをはじめ店員の皆さんも喜んで下さった。

「真心ネコちゃん展」初日、同じ町に住んでおられる陶芸家のご夫妻が、祝いのお花を持って来て下さった。京都新聞にも取材をして頂き、記事を載せて頂いた。

そうして、多くの方が来て下さり、忙しく時を過ごした。十二月は私の好きな月。クリスマスがあり、お正月が来る。人がみな優しくなれる月だと私は思っている。

そのお店は隣町にあり、レストランだけでなく、ギターコンサートや舞い、沖縄の音楽などといろいろな催しものもしておられる。そういう方々との新たな出会いが始まり、楽しい嬉しい夢のような二カ月間であった。

最終日、ギターリストのお兄さんが「出会い始まりコンサート」を開いて下さった。そうして「真心ネコちゃん展」は惜しまれながら終わりを迎えた。

その後も度々お店へ行き、新たな出会いが生まれている。一人の障害者が書いた本で、こんなにも大勢の方々との出会いがあり、私の大好きな猫ちゃんを贈って頂き、私は何て幸せ者なんだろう。

真心ネコちゃん展をする前に佐藤さんから「もしかしたらネコちゃんが減るかも知れません」と言われたのにネコちゃんは何匹も増えていた。

心から感謝を込めてお礼を言いたい私である。

贈る言葉

三月は別れの月。四月は出会いの月。この言葉通り、今年も出会いと別れが無数にあったことだろう。

「いいかげんにやれよ」、これは娘さんが就職して家を出て行かれる朝に、お父さんが言われた言葉だ。すると娘さんは「バイバイ」と一言。このことを私はお父さんご自身からのＦＡＸで読んだ。ＦＡＸには「いいかげんにやれよと一言だけ言って送り出しました。それは自分をつぶさないよう適当にやれという意味ですが、親の言う言葉としては非常識で、やはりおかしいのでしょうね」とあった。

そのＦＡＸを読んで、私は「なんて素敵な言葉なんだろう」と感動した。

これは私の友達である栗原秋子さんご一家の話だ。

秋子さんとのお付き合いは『四角い空』がきっかけで、もう十四年になった。

当時、秋子さんは小学校二年生の女の子と、五年生の男の子のお母さんだった。その小学校二年生の女の子が今年（二〇〇五年）三月に立命館大学を卒業され、大手の製薬会社に就職されたのだ。それで研修のため、初めて親元を離れて、東京へ行かれた。名前は、いづみちゃん。

この十四年の間にいづみちゃんとお会いしたのは六回。初めてお会いしたのは四年生の時。秋子さんと和知へ私に会いに来て下さったのだ。それからお会いする度に大きくなられ、きれいになられた。

いづみちゃんには三歳上のお兄ちゃんがおられる。でも、そのお兄ちゃんは四歳の時に受けた「おたふく風邪の予防接種」の後遺症で、心身に障害があり、そのため週に何度も「てんかん発作」に襲われる。

お兄ちゃんの名は雄《たけし》くん。

その雄くんのことを、いづみちゃんは幼い時から理解して、雄くんを中心に、とても素敵なご一家だ。

そのいづみちゃんが家を出て行かれたのだ。

就職が決まってから私は「お家を出て行かれる前に我が家へ遊びに来て下さいね」と、いづみちゃんにお願いしていたら、その願いを聞いて、東京へ行かれる一週間前にご一家で来て下さったのだった。その日は雄くんの気分も良くて、みんなで色々な話をして、楽しい時間が持てた。

でも私は、いづみちゃんがお家を出て行かれる日のことや、ご両親の気持ちを思うと、寂しさが込み上げた。

そして前日、秋子さんからＦＡＸが届いて「いづみは最後の最後まで飛び回っています。昨夜はバイト先で送別会をしてもらったようです……」とあった。そのＦＡＸには秋子さんの寂しさが滲み出ていた。

いよいよ当日。夫が仕事に出た後、ふと電話機を見るとFAXが届いていた。秋子さんからである。「夫が雄は見てるので、送って行ってやれと言うので、送って行ってきます」との内容。

そのFAXを読んで、私は栗原さんにFAXを書いた。お寂しいだろうなあと思うと書かずにいられなかったのだ。でも内容は、来ていただいた時のお礼と、いづみちゃんのこと雄くんのことを少し書いただけであった。そんなことで、ただ自分の思いを書いただけのこと。お返事がいただけるとは思っていなかったのに、すぐにFAXでお返事を下さった。

そのFAXに、先の言葉が書いてあったのだ。

私は何度も読み返した。何度読んでも「なんて深い思いやりのある言葉なんだろうか」と感動して、涙が出た。

母親と娘は一心同体みたいな感じのところがあるけれども、父親と娘というのは、言葉に出来ない思いが、いっぱいいっぱいある。

それが最近ようやく少し分かってきた私である。

栗原さんご一家も、今後いづみちゃんが結婚され、家庭をもたれると、新しいご家族が二人、三人、四人と、増えていくだろう。いづみちゃんは、どんな男性と結婚されるのだろうか。

いつか子どもさんを連れて、ご家族みんなで来てもらえたら嬉しい。

そんな日が来るのを、私は楽しみに待っている。

出雲の先生（二〇一一年）

錦織先生の手の温もりが今も頬に残っている。やさしく添えられた手の温もりが。私と夫が前に先生にお会いしたのは十二年も前のことになる。子どもの結婚式に出席した帰り、出雲の先生をお尋ねした。

三十数年ぶりに突然訪ねた私を、先生ご夫妻は大喜びで迎えてくれた。

「啓子ちゃんだ！　啓子ちゃんだ！」と言って迎えてくれた。そしてまた長い時が流れた。

先日、舞鶴のまり子先生（舞鶴整肢学園の時の恩師）からお手紙が届いた。そこには思いがけない錦織先生とまり子先生たちのお写真が同封されていて、出雲の旅が書かれていた。それらの手紙を読みながら、私の中に懐かしさが込み上げてきた。

その二、三日後、母が我が家に来た。母にその手紙を見せると、大変な懐かしがりようで、しきりに私もお会いしたいと言い出した。

母が先生に最後にお会いしたのは何年前のことだろう。私が卒園した年だから、四十数年も前のことだ。その頃の母は若く美しかった。

その母も今年で九十一歳、懐かしく思うのも無理はない。

夫にその話をすると、それならお母さんと一緒に出雲へ行こうと言い出した。いつものことだが、夫の行動は早い、その日のうちにホテルが予約され、出雲への旅が決まった。

今回は母も一緒なので、先生へお手紙を書いた。お返事はすぐ来た。楽しみに待っていますとあった。そして旅は始まった。

朝九時、和知を出発。和知インターから有料道路に乗り、舞鶴自動車道を経て中国自動車道。落合ジャンクションから米子自動車道で山陰へと向かう。十二時過ぎには山陰の蒜《ひる》山《ぜん》高原ＳＡに着いた。

ここで昼食にする。車窓から見上げると雲に隠れた大山《だいせん》があった。「あれが伯耆《ほうき》大山ですよ」と夫が母に説明する。母が「雲は消えないのかね」と聞くと、いつもの調子で「二、三日は無理でしょう」と答えている。ところが、食事がすんで大山を見ると、そこには雲一つ無い伯耆大山が聳えていた。母は呆れたように「雲は何処へ行ったの」と夫に言ったが、夫はいつものように「山の天気はこんなものですよ」と答えている。私は見事な大山の雄姿にしばし見惚れた。

今夜の宿は皆生温泉のホテル。少し時間があるので予定を変更して境港へ向かう。私はＮＨＫの朝ドラが大好きだ。昨年の春放映された「ゲゲゲの女房」の舞台がこの境港だった。

そこは漫画家水木しげるさんの故郷、それはまた『ゲゲゲの鬼太郎』の故郷でもある。今回の旅のもう一つの楽しみでもあった。境港「水木しげるロード」、そこは妖怪さんたちの町で、たくさんの妖怪さんたちに会える。私はあのドラマを見てから「一反木綿さん」が大好きになった。

その「一反木綿さん」を捜して歩く。夫は撮影に大忙しで、シャッターを切りまくっている。

居た！　小さなブロンズ像の一反木綿さんだったが、可愛い！　私は感激した。

「一反木綿さん」とは「ゲゲゲの女房」すなわち水木しげるさんの妻の愛称である。背がすらりと高く、その表現はまさに的を射ていた。

「今日はここまで」と夫が言い、ホテルへ向かう。

二日目、朝九時、ホテルを出て出雲へと向かう。カーナビの指示で山陰自動車道に乗り、十時過ぎには出雲へ着いた。

錦織整形外科。先生はその医院の院長先生をしておられる。今はご長男様も同じように院長としてお名前が出ていた。

先生も奥様も十二年前と同じように喜んで迎えてくださった。そして先生は十二年前と少しも変わらず、お元気で颯爽とされていた。

「今日は私が出雲の町を案内しますから」と言われ、ご自分のお車で先導された。

初めに寄られたのは、ご自宅から五分足らずの所に開業されたご二男様の医院だった。私の記憶にあるのは、いたずら盛りの兄弟で、いつも学園の中を走り回っていた。

先生は母を伴い診察時間の医院へ入って行った。受付の看護師さんに「手はあかないか」と聞いている。待つ間もなく、ご二男先生は出て来られた。母はご立派になられたお姿に感激していた。先生も成長した我が子を母に見せたかったのだろう。

次に訪ねたのは、神都大社の正月行事を展示した「吉兆館」だった。出雲大社の門前町大社町にある道の駅だ。正月三日に催される「吉兆さん」は新年を祝う華やかな祭りだと言う。そこには悪魔払いをする沢山の鬼の面が飾られていた。

「ここで食事をしましょう」と案内されたのは、広い広い空間をもった古代出雲歴史博物館だった。そこには有料の施設があり、先生は入場券を買って下さった。

古代出雲歴史博物館にて

中に入ると、いろいろな古代の説明が画面で流れていた。先生はそれらの一つ一つに私を連れて回り、私が見やすいように、聞きやすいようにと首を支え、車いすを押してくださった。本当に夢のような一時であった。

「もうそろそろ時間だよ」との夫の声に、私は現実に引き戻された。

先生は出雲大社やワイナリーなど、もっと案内するおつもりだったご様子ではあるが、心を残しながら出雲を後にした。

「先生、必ず来ますから、お元気でいてください」私は声にならない声で別れを告げた。

三日目、私は夫におねだりをし、もう一度境港へいった。そして、鬼太郎に、一反木綿に別れを告げた。

伯耆大山は雲の中。神々も出雲から去ったと言う。八百万《やおよろず》の神々が集うという出雲。私がこんど先生をお尋ね出来る日は何時のことだろう。

鳴門の渦潮

全長一六二八メートルの大鳴門橋には徳島側から四五〇メートルの遊歩道がついてい

る。その遊歩道は橋脚の間に設けられ、所々にガラス張りの覗き穴がある。海面から四五メートルの高さにある足元の空間は、迫力満点だ！

先端には渦潮展望台があり、眼下に渦潮を見ることが出来る。そこも、またまた迫力満点の世界だ！

私は夫の押す車椅子にしがみつきながら、その遊歩道を渡った。恐る恐る覗き込んだガラス張りの覗き穴。恐がりの私には身のすくむ思いだった。そして初めて見た鳴門の渦潮の凄まじさ。息を呑んで見つめていたのを昨日のことのように思い出す。

あそこは実に迫力満点で、ガラス張りの覗き穴から覗くと、吸い込まれそうな気がする。

恐がっている私を見て、夫は面白がってわざとガラス張りの上を通る。そこを私は避けて通りたいのに、自分ではどうにもならないので、そこへ近寄ると自然に体が仰向けに反る。

あれから何年の年月が経っただろう。夫は同じ道を車で走りながら、過ぎた昔を思い出しているようだ。

「ここだ、ここだ、ここに車を止めたんだ」

と安堵の声を上げた。そして二台の車椅子を下ろす。今日は足腰の弱くなった母のためにも車椅子を用意した。ここの遊歩道は展望台まで四五〇メートルもある。

母の車椅子は父、私の車椅子は夫が押して、入り口ゲートへと向かう。だが何か変だと感じながらも私の胸は期待に膨らんでいった。

「本日休館日です」その文字を見て私の胸は悲しみでいっぱいになった。あの感動を母と味わいたかったのに、

「仕方がない。記念に写真でも撮ろう」と言う夫の声に我に帰る。

残念、休館日でした

「ねえ、お父さん、こうなったら船で渦潮見ませんか」と父に相談し、船に乗ることになった。

渦潮を見るための遊覧船は幾つもの港から出ている。夫は近くの港に車を走らせ、車椅子での乗船が可能か確かめてきた。その船は小さな観光船で、私たちはデッキに乗れた。

すぐに船は港を離れ、白波を蹴立てて鳴門海峡へと向かった。

潮の流れは干満の時に起きる。鳴門海峡は瀬戸内海と太平洋の境目で、この狭い海峡に潮は満ち、引き、一メートルもの段差が出来るそうだ。それが渦潮になる。大きなものは直径五〇メートルにもなるという。

船はその渦の巻きあう真ん中へと突入した。激しくぶつかり巻きあう渦。大きく揺れる小さな船、河のように流れる潮の流れ、夫はしきりにカメラのシャッターを切っていた。「もう港?」そんな短い時間だった。母が言うには「丁度三十分」だそうだ。

だが、私には初めてのこと。楽しかった。でも母にはあの橋の上から見る渦潮を見せたかった。

こんな親子の旅があと何回出来るのだろうか。母に見せてやることが出来るのだろうかと心を残しながらの旅であった。

郵政法案否決

やはり政府の郵政民営化法案は否決された。

私は国会で色々な法案が強行採決されるのを見る度、これも国民が思いを託して選んだ代議士先生がなさることなので、仕方がないとは思うが、悲しくなる。

重度障害者の私は、投票場に行って小さい机では書けないし、代筆してもらうのもイヤなので、郵便投票をしている。これも便利なようで、面倒なものだが、仕方がない。それで私は二十歳になってから今まで棄権したことはない。せっかく国民に与えられた権利を放棄するのは勿体無いと思うからだ。

でも、くどくどと同じことを言って時間稼ぎしているとしか思えないような国会。挙句の果て強行採決！　それらを見ていると、面倒な思いをしてまで投票する気になれなくなる。

きっと、みんな同じ思いなんだろう。それで投票率が下がる。投票率が下がると、なお悪くなる。

でも今回、政府の郵政民営化法案は否決された。数の多いほうが勝つ。強いほうが勝つのではなく、弱い者の声も反映されるという、真の議会制民主主義を見たようで、すばらしく思った。

だから、これからも頑張って投票しようと思う。


（京都新聞「窓　読者の声」への投稿）

相撲見物

私はなぜか大相撲が好きだ。ＮＨＫの相撲中継が始まると、テレビの前でくぎづけになる。でも、それは好きな力士の取組だけで、時間にすれば僅かである。

私が好きな相撲取りは二人居る。今は十両に落ちた北桜関と幕内で頑張っている高見盛関だ。

毎朝、新聞のスポーツ欄で取組の順位を確認し、テレビの前に行く。

だが、やっかいなことに、この二人の取組にはかなり開きがあり、神経を使う。

今年（二〇〇八年）も大阪で春場所が始まった。いつも勝ったり負けたりの二人に私は一喜一憂する。

ところが、この場所は違った。大好きな高見盛関が白星を重ねているではないか！

私は思い立つと居ても立ってもいられなくなる。夫に「ねえー」と声を掛けた。

夫はすぐに「今度は何」と身構える。

夫にとって私の「ねえー」は恐怖の的なのだ。それもそのはず。私は重度の障害者。車椅子でしか移動することは出来ない。

「私、高見盛に会いたい」と言うと、「大阪に行きたいの」と聞いてきた。「行きたいけど、行ける?」と見上げる。

大阪場所は難波の府立体育館で行われていた。「車では無理だね。汽車で行くか」と言ってくれた。

私はさっそく高見盛関に手紙を書いた。言語障害もある私は、どこへ行く時も手紙を書く。まして今度はあこがれの人。思いの丈を手紙に込めて書いた。

朝九時過ぎ、和知駅から福知山経由で大阪に向かう。それでも、大阪に着いたのは午後一時を回っていた。そして、地下鉄に乗るため広い地下街を歩きまわった。この街は障害者にとって何と不便な街だろう。地下鉄に乗るためのエレベーターがほとんど無い!

それでも、何とか府立体育館に辿り着くことは出来た。

そこには美しい幟《のぼり》がはためき、大変な人々で埋め尽くされていた。

その人垣をかき分けかき分け、当日券を求めて売り場へと向かった。が、残念。車椅子席は売り切れていて、館内に入ることは出来なかった。

夫は私の手紙を持ち、係の方に頼んでいたが、「だめだって。部屋の方に送って下さいと言って断られたよ」としょんぼりしていた。

「私、大相撲のお土産が欲しい」と言う。夫は沢山並んだお茶屋に声を掛け、お土産を買ってくれた。ついでにと、その店のハッピを着た若い人と一緒に写真まで撮ってくれ、良い記念になった。

高見盛関には会えなかったけれど、私にとってうれしい、うれしい一日であった。

高見盛関の幟も写した。北桜関の幟も。そして偶然出会った若い関取?とも一緒に写真が撮れた。うれしかった。

「啓子がそんなとこへ行っても、どうにもならん」と父は言ったそうだが、出来上がったアルバムを見て、感心していたと、母が電話してきた。

お相撲さんと

高見盛は九日目に勝ち越しを決めた。インタビュールームで息を切らし、嬉しさ一杯であったが、終わってみたら、三賞ももらえなかった。

今度は名古屋に行こう! と早くも私の胸は躍る。

おわりに――妻へ

啓子さん、あなたが愛した故郷和知に私は今も暮らしています。あなたが愛した人々と共に、あなたの生きた証を伝えています。

啓子さん、生きて行くことは死ぬことよりも辛いなんて、健常者の戯言だと知りました。いや、異論は有るでしょうが私の素直な気持ちです。あなたの悔しさを、無念さを思えば心が傷みます。どんなにか生きていたかったでしょうに。

啓子さん、もっと多くの人にお別れを、お礼を言いたかったでしょう。有り難うと言いたかったでしょう。あなたの思いを残された文章で知りました。

啓子さん、お礼を言うのは私です。あなたから生きる希望を、生きることの大切さを教えられました。だから、私は生きて行きます。あなたの悔しさを心の糧とし、力として生きて行きます。見守っていて下さい。

大東　正美

著者紹介

樋口啓子（ひぐち　けいこ）

1952年　京都府船井郡和知町に生まれる。
　　　　脳性小児麻痺により重度の四肢・言語障害をもつ。
1977年　京都府立向日が丘養護学校高等部卒業。
　　　　在学中、和文タイプ研修を受けたのをきっかけに文章を書くようになる。
1982年　「ＮＨＫ学園文章教室」（通信）を受講し、錬成コース終了まで学ぶ。
1991年12月　「心の輪を広げる体験作文コンクール」（内閣府主催）で内閣総理大臣賞。
1992年11月　「第２回全京都自費出版コンクール」で『四角い空』がグランプリ受賞。
2005年12月　京都府主催「心の輪を広げる体験作文コンクール」優秀賞、内閣府同コンクールで佳作。
2006年12月　京都府主催「心の輪を広げる体験作文コンクール」最優秀賞。
2007年12月　京都府主催「心の輪を広げる体験作文コンクール」佳作。
2009年12月　京都府主催「心の輪を広げる体験作文コンクール」優秀賞。
2010年12月　京都府主催「心の輪を広げる体験作文コンクール」優秀賞。
2014年12月　京都府主催「心の輪を広げる体験作文コンクール」最優秀賞、内閣府同コンクールで内閣総理大臣賞。
2015年２月　第13回日吉町障害児・者問題を考える集いにて講演。
　　　３月　平成26年度京丹波町文化賞。
　　　３月７日　永眠

著書　『四角い空』（ひまわり社）1990年
　　　『ねこちゃんのお引越し』（手作り童話）1998年
　　　『真心つむいで』（京都新聞社）2000年

真心をありがとう―『四角い空』第三集

2016年１月15日　第１刷発行

著　者　樋口　啓子

発行者　黒川美富子

発行所　図書出版　文理閣
京都市下京区七条河原町西南角 〒600-8146
電話 (075) 351-7553　FAX (075) 351-7560
http://www.bunrikaku.com

印刷所　新日本プロセス株式会社

ISBN978-4-89259-778-7